嫩绿的阳光

王万里 著

民族出版社

王万里

内蒙古鄂尔多斯人，中共党员，中国作家协会会员，中国诗歌学会会员，鄂尔多斯市作家协会副主席。

2010年8月开始练笔写诗，在《人民日报》《诗刊》《中国作家》《中国艺术报》《工人日报》《企业家日报》《草原》《诗潮》《延安文学》《神剑》《雪莲》等报刊发表多篇作品，著有诗集《松风万里》《高原青枫》《北方的时光》《灵魂，始终在寻找一块安静的地方》。

露珠滚动着时钟的清香

敕勒川[①]

老哥王万里总是给人惊喜。他打来电话说："我又写了一本诗集。"我先是一惊，但随后平静了下来。转念细想，这对于万里老哥，应该是再平常不过的一件事，没什么大惊小怪的。按照我这么多年与他的交往和了解，他即使说造了一支火箭，那也是意料之中的事，不需要一惊一乍的。

我想说的是，万里老哥是一个勤奋得让人羡慕嫉妒的人。

算起来，与万里老哥相识已有十多年了。至于是怎么相识的，有点想不起来了。但我一直记得他有一天跟我说，要学诗歌写作。我当然会冠冕堂皇地鼓励他几句，心里想，他也不过说说而已，这类话我听多了，只是嘴上的功夫罢了。但让我没想到的是，过了两个月，他竟然真的拿来一组诗让我看。那一刻，我的心便沉沉地动了一下，看来这老哥来真的了。当然，作为一个初学者，那组诗不尽如人

① 敕勒川，著名诗人，中国作家协会会员，内蒙古作家协会副主席。

意。于是，我就仔细地看起了他的稿子，并认真提出自己的意见。一方面不敢说得太重，怕伤了他的积极性，从而一蹶不振；另一方面，又要大加鼓励，以便他能保持写作的信心。没想到，万里老哥看出了我的心思。他说："你不要客气，尽管指出错误，我经得起批评。"我心里想，这真是一个亮堂堂的老哥啊。于是就毫不客气地说出了他诗歌创作中的各种弊病，这些弊病也是我最初写诗时犯过的错误。作为一个诗写得马马虎虎的人，我可能给不了他更多的教益，但总可以把自己失败的教训告诉他，这对我也是一个学习的过程。

如果没记错的话，那一天，是2010年冬天的一个大雪纷飞的日子。我们说完诗，便好像相识了几千年似的酒逢知己千杯少般地喝起酒来，推杯换盏、千呼万唤、且醉而归。

后来，万里老哥真的以我所想不到的努力和勤奋，走上了创作诗歌的道路，并且一发不可收，走得洋洋洒洒，走得诗情画意，走得硕果累累，走得津津有味，走得无怨无悔，走得理所当然，走得生机盎然。2010年以来，他先后在《人民日报》《诗刊》《中国作家》《中国艺术报》《工人日报》《草原》《神剑》《诗潮》《延安文学》等各大报刊发表了众多作品，先后成为内蒙古自治区作家协会会员、中国作家协会会员、鄂尔多斯市作家协会副主席。以两年一本的速度先后出版了四本诗集，曾获 2011 年度《草原》文学奖，成为内蒙古诗坛上一个年轻的“老”黑马，令人刮目相看。

《嫩绿的阳光》是他的第五本诗集。我理解，这部诗集大概是他对诗歌孜孜不倦耕耘十周年的奖赏，也是献给新老朋友一朵蓝幽幽的饱含着阳光的马兰花。

这本诗集分为六辑。

第一辑《母亲坐在灯花里》，写出了对母亲和亲人们的深情挂念，感情真挚，语言质朴，深沉的诗句让人感慨万千。比如这首《母亲点亮了灯花》：

窗纸上的耳朵比针眼细
刺破我的衣裳点击皮肤
顿时感到浑身都是穴位
耸耸肩、擦擦手、哈哈热气
风在偷听自己凛冽

母亲捏着针线活
手指僵硬，针线也笨拙
灯累了，母亲用针头挑一挑灯芯
灯醒了，一阵噼噼啪啪
开成一朵花，母亲坐在灯花里

窗口方正了微弱的灯光
站在院子里，短小、浅薄
一束灯花压矮了夜色
寒霜浇不灭它忽高忽低的热度
启明星把窗棂敲得嘣嘣响

其实母亲就是灯芯
寒风吹不灭，疲劳压不弯
母亲就是灯油
紧咬牙关熬煎自己
为我们缝衣做鞋，整夜坐在灯下
开着朴素的花

这首怀念母亲的诗，已经褪尽了火气，将诗人一生酸甜苦辣的感情融会贯通到对母亲的怀念中，不动声色的语言下，是一种难以言说、痛彻心扉而又默认了命运的深刻思考，将一个坐在古老油灯下缝衣的母亲形象恰如其分地表达了出来。

“母亲捏着针线活／手指僵硬，针线也笨拙／灯累了，母亲用针头挑一挑灯芯／灯醒了，一阵噼噼啪啪／开成一朵花，母亲坐在灯花里”。就是这个“母亲坐在灯花里”的形象，让我一再想起救苦救难大慈大悲的菩萨。我猜想，他一定是把母亲当作了菩萨。事实上，在大千世界里，所谓的菩萨，其实就是母亲的另一个称谓。但写到此，诗人的笔锋一转，“其实母亲就是灯芯／寒风吹不灭，疲劳压不弯／母亲就是灯油／紧咬牙关熬煎自己／为我们缝衣做鞋，整夜坐在灯下／开着朴素的花”，进一步加强了母亲是一尊菩萨的形象，煎熬着自己，舍弃了自己，却一直为你“开着朴素的花”。真正的菩萨，一定是朴素的。

第二辑《露珠滚动着时钟的清香》，写出了作者对草原的热爱。比如《夏日从牧场走过》：

猛抬头
一盆烈火向西倾斜
远山沉静。向阳的一面
山气酝酿着忧伤的蓝
背阴的一面，牛羊静悠暗淡
万里长空，放纵流浪的云朵正在逃逸
唯独沙柳的气息
在沙粒上聚集

这是疾驰的夏日
牛羊驮着青草的气息
无限蔓延。群马低头咀嚼

或交耳亲吻，以温润的爱
喂养这片心灵的牧场

云朵之下
牧羊姑娘并不孤独
万物都沿着各自的生命经纬
奔跑飞翔，像世界的初始
和终结，花草隐藏了
悲喜与忧伤
只有时间站在天外
蓝得有点孤独

这首诗不但写出了草原的辽阔壮美，也写出了草原之外的某种感受，“花草隐藏了／悲喜与忧伤／只有时间站在天外／蓝得有点孤独”，让人油然而生了千古忧思，内心里有一种怅然若失的说不清的感觉。或许，在万里老哥这里，美，是用来思考的。

第三辑《秋风里的电波》，写出了对尘世间万事万物的思考。第四辑《我只要一屋子光明》，写出了对弱势群体的善念和关爱。第五辑《祖国在血液里沸腾》，歌颂了祖国的大好河山，抒发了对祖国、对保卫祖国和建设祖国的人们的热爱。第六辑《西藏游记：安详地坐在一粒雪花之中》，写出了他一个人心中的西藏，颇多心得，是他去西藏身体和心灵受到洗礼之后的顿悟。

这部诗集中的诸多好诗，在这里就不一一赘述，读者们尽可以自己去慢慢感受。可以说，这本诗集像一条浩浩荡荡的大河，开阔、深沉、典雅。“山随平野尽，江入大荒流。”体现了一位诗人的胸怀和境界。

这位当过售货员、做过领导的同志，2005年初自愿辞职，自办企业，到现在依然忙得一塌糊涂的人，我真的不知道他的这些诗，是怎么写出来的。这对于一个已过古稀之年的人来说，真的不是一件容易的事。他的人生之路，肯定地说，也和任何事物发展是一样的，有曲折、有坎坷，但他所追求的始终是新的生活、新的信念。即使在十分困难的环境下，他能摒弃杂念、熬着夜灯，也不会放弃自己的信念与追求，个中甘苦，我想，只有他自己心里明白。我知道，丰富的人生经历为他的诗歌创作打下了坚实的基础，勤奋地努力和天赋为他赢得了诗歌的奖赏。与大草原一样的宽广胸怀，一片阳光，不！是嫩绿的阳光！一切的一切，都是他崇高的人生境界、文化素养，都是他努力的结果。

有时候我偷懒，找各种理由，不想写东西，而且还理直气壮地说服自己，于是理所当然地浪费起生命。但不知怎么的，一扭头，就想起了万里老哥，想他已届古稀，还那么努力，那么用功，一股羞愧之情油然而生，便又灰溜溜地坐在书桌前，写起东西来。从某种意义上说，他既是我的老哥，也是我的榜样，更是我的诤友，让我对人生、对写作不敢有丝毫懈怠，不说别的什么大话，只觉得对不起万里老哥这一份以身作则、深沉绵厚的情谊。

电话里，万里老哥说，这是他的最后一本诗集了。但我怀疑，这只是他的谦逊之辞，说不定哪一天，他又会给我一个惊喜，说："我又写了一本诗集。"那时，我依然不会太过诧异，因为，我知道，那是水到渠成的事。"平生为幽兴，未惜马蹄遥。"他用自己的一生，切切实实地注解了杜甫的这两句诗，真是难能可贵。

如果非要用一句话来概括他的这本诗集，我觉得他自己的一句诗特别合适，那就是：露珠滚动着时钟的清香。优雅、深沉、绵长、自然，散发着草木的光芒。

当然，这句诗用在他身上，也是合适的。我是说，万里老哥已经把自己活成了一首诗，你说他是抒情诗也行，哲理诗也行，生态诗也行，古体诗也行，现代诗也行，爱情诗也行，甚至史诗也可以，总之，他把自己诗意成了一首诗，这是我们大部分人都做不到的事情。

人诗合一，这大概是人生和写诗的最高境界了吧。

2020 年 5 月 1 日于呼和浩特

目录

第一辑　母亲坐在灯花里

第二辑　露珠滚动着时钟的清香

第三辑　秋风里的电波

第四辑　我只要一屋子光明

第五辑　祖国在血液里沸腾

第六辑　西藏游记：安详地坐在一粒雪花之中

第一辑

母亲坐在灯花里

其实母亲就是灯芯
寒风吹不灭，疲劳压不弯
母亲就是灯油
紧咬牙关熬煎自己
为我们缝衣做鞋，整夜坐在灯下
开着朴素的花

母亲点亮了灯花

窗纸上的耳朵比针眼细
刺破我的衣裳点击皮肤
顿时感到浑身都是穴位
耸耸肩、擦擦手、哈哈热气
风在偷听自己凛冽

母亲捏着针线活
手指僵硬，针线也笨拙
灯累了，母亲用针头挑一挑灯芯
灯醒了，一阵噼噼啪啪
开成一朵花，母亲坐在灯花里

窗口方正了微弱的灯光
站在院子里，短小、浅薄
一束灯花压矮了夜色
寒霜浇不灭它忽高忽低的热度
启明星把窗棂敲得嘣嘣响

其实母亲就是灯芯

寒风吹不灭，疲劳压不弯

母亲就是灯油

紧咬牙关熬煎自己

为我们缝衣做鞋，整夜坐在灯下

开着朴素的花

2019 年 7 月 11 日夜

一束睡着的火焰

——写在清明之际

父亲丢下锄头休息了
母亲丢下我们为父亲操持家务
他们睡着了仍是一束火焰
白天温暖自己的家，夜晚
照亮村庄的黑。有悲伤
有疼痛，都是燃烧的痕迹
唯独没有眼泪。他们成佛了
灵魂在天堂，高雅而尊贵

红红的火焰
闪现在黄昏的西山
树木肃穆升高
双膝跪地，额头与泥土碰撞
香烟飘游连绵的哀思
泪珠洗净无言的沙粒
两重世界，近在咫尺

被一束火焰

静静地照亮

2016 年 4 月 2 日

母亲背走了疼痛

山还在沉睡之中
雾还没有升起
远处传来断断续续的狗叫鸡鸣
山村的一切都那么单纯静谧
风的眼神散发着清凉
空气里游走着淡淡的花香

随着几只鸟儿轻拍的翅膀
雾霭中走来一个模糊的身影
哦，一位步履艰难的老人
衣服上开了生锈的花
背上的钱袋把骨头勒得很紧
走走停停，发出无节奏的喘息声
清晨的雾低矮而沉重

她的眼睛与我无缘
只探寻脚下的坑坑洼洼

她的脸上堆满沧桑的花
花瓣的纹理很不均匀，比铅重
望着她的背影，凝视远方的母亲
草叶上还留着蹒跚的脚印

我调转身子，想快步追上老人
可她已长出翅膀，飞出我的眼睛
随后又飞向天空
哦，平安的小山村
是因为母亲背走了疼痛

2017 年 6 月 3 日

村口的老榆树

一个提醒，或者一个警告
你把自己站成村子的一部分
日出时，你为朝霞鼓掌
月落时，你收留一地的寒霜

一群光屁股的孩子
围着你打闹嬉戏
一个姑娘长长的麻花辫
多像你茂密的枝叶
几个大爷大娘在你的绿荫下
拉着家常，将岁月的棱角
细细打磨

一棵树站久了，就真的站成了
岁月里的一位老人
微微地驼着背，细细地喘着气
默默地为那些背井离乡的人

守护这祖传的绿

如果不是看到你的身影

我该怎样与故乡相认

2017 年 6 月 10 日

老土房

向阳山坡
驻守着不知姓名的破土房
曾经遮风挡雨的那一座
依旧在风雨中等待
几多冷暖交替的从前
我就从这里走过

院子里
老柳又抽出新芽
屋檐下
燕子筑的巢穴还在
土炕上
厚厚尘埃印着松鼠的足迹
哦，这一本鲜活的生命册
继续着自己的抒写

变幻的时光
仿佛还停留在昨天
但与昨天又有着说不出的不同
真的很近又很遥远
百年沧桑，岁月变迁
多少人事早已面目全非
不曾更改的始终是——

一条小路，静静地牵着一座土房
等待着一个人

2017年6月16日

麻油灯

早年的祖先
黄土生成能工巧匠
不屈服暗无天日的黑
自己创造了一颗小小的太阳
只要它点亮
繁星就会自动滑落

一路走来，麻油灯
跟随了几代人
母亲做饭，它走向灶台
父亲搓绳，它与麻皮亲近
我双手摸着漏风的墙
跟着油灯追逐未来的梦

常看到母亲在黑暗中缝补灯光
穿针引线弥合了漏风口
堵住雨，挡住雪

让我的身体在一盏麻油灯中成长
让我的心灵在一盏麻油灯中温暖

麻油灯的暗影
如同一张发黄的老照片
明的部分是母亲流泪的眼
暗的部分是父亲阴沉的脸
我蜷缩着身子漫游梦乡
灯光是我唯一的依靠

遥远的回忆无边无际
心头藏着的这一束灯光
闪闪烁烁，不敢熄灭

2017 年 6 月 22 日

陕北的黄土

比面粉细
比玉米黄
捏一粒土，手指即可搓成金粉
在空中游荡，暖暖的喷香

指头像镀了一层蜡
皮肤立刻滑柔了很多
这是原本的肌肤，更是一个
遥远的生命之壤，看得久了
控制不住泪雨洒落

奶奶用黄土捏成窑洞
冬暖夏凉
黄土墙的小台板上
常点三炷香，她向我说：
黄土的深层，住着数不清的神灵
凡人要用香火与他们对话

牢记奶奶的训导
常常在夜深人静的时候
俯身贴耳倾听，细细的黄土
有传导功能，只要心静
就能听到由远而近的呼吸声
抓一把黄土，就有脉搏跳动

偶尔在黄土岩畔
看到裸露的白骨
不知道他的姓氏与后人
更不知道他来自哪个朝代
是哪一个族系的冤魂

阳光从黄土上走过
金灿灿的黄，在地下酿造米酒
沉醉了每一粒
黄土做的心

2017 年 9 月 20 日

山药蛋

母亲的手真巧
蒸、煮、炸、烩、炒……
做成什么样子我都喜欢
永远吃不腻，薄薄的皮里
全是营养人体的东西

春分之后，它最早入土
在暗无天日的泥土里
睁大眼睛寻找出路
洁白的土豆芽顶开缝隙
伸出脑袋

一枝嫩绿的温度计
披着阳光的烽火，穿过雨的战场
与一棵杂草决斗
与清贫的人家相依为命

爷爷等待它充饥

父亲等待它填补肠胃

我等待它走过饥饿的肠道

它拯救过我们全家人的生命

也填平全村人的坎坷路径

黑暗无边，始终不迷路

在前进的路上，它洁白的内心装着

人的灵魂

2017 年 9 月 28 日

家是一滴相思的泪

家，一滴相思的泪
泪，虽然不是天天挂在脸颊
却每时每刻深藏在心底
仿佛一眼暖暖的清流
从心底发源
流经生活编织的大海
映照着
油灯下母亲为你缝制
小花棉袄的情景
映照着
父亲拂去寒霜的阴影……
哦，亲爱的孩子
当我们与父母握手告别
那就是把家
紧紧
握在了掌心

2019 年 1 月 24 日

过年

回老家过年
与儿时的一群小伙伴
海话无边，用啰嗦找回
丢失的童年

远在天国的父母
还记得压岁钱，梦中发来一个红包
从苦日子里走过来的人
数量不多，但数字吉祥

我们兄弟姐妹手牵着手
围着院子中央那堆红红的旺火
燎一燎多年粘在身上的污渍
用一身清白，点燃朝阳

村里的大姐大嫂
脸上有桃花的红，梨花的白

披肩、衣服与城里的姑娘没有区分
洁净的村间小路爱上了高跟鞋
不同颜色的裙裾飘逸崭新的风

大白馒头点着红太阳
从张家的蒸笼跳到李家的餐桌上
李家的糕圈圈泥土一样金黄
一盘送给张大爷，一盘送给王大娘
左邻右舍像一片叶子绿，一株高粱红

门前那棵老槐树
多年经风雨，天天播送喜鹊的欢笑声
谢顶的额头要率先长出一枝绿芽
催促爆竹升空开花
哦，一块土地，一条根
为村民一辈子都说吉祥的话

2018 年 1 月 25 日

窗花

奶奶手里的剪刀
超过国画大师神笔的轻巧
左转右拐，回旋直角……
眼睛里的智慧笑在眉梢
手指旋转着时空
绣出一座喜气洋洋的山村

金鸡引颈啼唱春的讯息
喜鹊登枝禀报春花绽开
老牛弓腰曲背拉回五谷丰登……
窗户开花了，一院温馨
心坎开花了，打开一段历程
从南到北，从古到今
普通农人从没有过这样
灿烂的笑声

奶奶是最受尊敬的人
一把刀剪碎了岁月的风雨
她敢于直面低矮的人生
去伪存真，把酸甜苦辣剪成
高高挂起的生活
最精彩的部分

窗花美美地开着，把春天
一年不落地唤了回来

2017年1月17日夜

走进门廊

根扎在泥土里
清香味溢出皮肤之外
又一次走进泥土生成的小村舍
小路导航，影子从廊檐下走过

走进大门
与四只雏燕的小嘴碰撞
以迎接母亲的姿势跃跃振翅欲起飞
我没有带任何馈赠的礼物
又不能愧对幼嫩的喜悦
良久站在廊檐下点头微笑
那一串叽叽喳喳的雨滴
正好钻进我的耳朵
唤我回到童年

2018 年 7 月 11 日

跨入隔着大山的门槛

——走上工作岗位的新起点

一九七零年的一天
那是最闪光的瞬间
我最愿意听，也听到了
又不敢相信的吉言

我醉了，蓝天醉了
炉膛燃起最红的火焰
此时的哥伦布在哪里?
新大陆已来到眼前
哦，是锄头叩开大山的门槛
早晨的阳光宁定了片刻
随之送进光明与温暖

飞翔的空气是那么新鲜
父母的梦，家庭的梦
就是我的情感，我的信念

就是农牧民会说话的

柴米油盐

生活总会重新开头

飞驰的自行车

碰出一道闪电

路——

在头顶的天空闪光

2016年4月13日

格，别哭了

早起程就是
为了一个：快

北京的阳光已徐徐升起
不愿让你长期离开，温暖的
怀抱等你归来

暑假，你很愉快
小猫小狗小兔都陪着你
一会儿他们为你唱歌读书
一会儿你为他们表演赛车
房子跟着车轮转起来

白天姥姥为你打伞
夜晚姥姥为你盖被
为你缝制了比阳光柔软的睡衣……

格，别哭了
昨晚寒露打湿了姥姥的衣襟
今早还跑出一串晶莹的水
我品尝了一滴，心底泛起苦涩味

格，板厂小学的老师正在等你
同学们都要问你暑假的意义
你可以讲喷泉、彩桥、金鱼戏水……
他们会跟着你走进外面的神奇……
而你，是我最后的温暖

2016 年 8 月 29 日

牧人的黄昏

西山站着一尊大佛
把袈裟抛向天空铺在大地
蒙古包的炊烟沿着转道盘旋上升
徐徐献上最真诚的心愿

牧羊人卷起沾满红黄的幸福
左手提着马的缰绳
右手扬起牧鞭
牧羊狗跑跑停停既不离开主人
又要清点羊群的蹄印

母亲白天围着羊群转
黄昏围着灶台转
我的年龄与灶台一般高
踩着母亲的脚印
拽着母亲的衣襟

当灯光收走窗外的余晖

母亲把灶台擦得油光锃亮

古铜色茶壶以急促的旋律欢唱新歌

手把肉沸腾青草的纯香

母亲的脸随着羊粪火闪放红光

2019 年 7 月 9 日

乡音的温度

月亮已爬上绞手架
一盏灯，打破了工棚的沉静
抓一把乡音撒向窗外
乡愁立刻在血液里沸腾
热泪泡熟了陌生

老祖宗坐在乡音里
翻动族谱，打捞久远的故事
父亲忙碌在田地里
按千年古训耕作
母亲在院子里出出进进
忙碌着猪鸡狗猫
小脚踩碎月亮的倩影

这乡音比小屋子更温暖
如果空间狭小，可以把它折叠
提在手上，装在心里

离开故乡那一天，颤抖的嘴唇
把山水酝酿的原味带向远方
一路尘土飞扬

2019 年 7 月 5 日夜

这味道要始终保持新鲜

朋友，你只看到我
犀利的目光，微笑的脸
那是粉霜的化学反应
很不全面

至今
我脚上的星星，还挂着
露珠，手里的鲜花
泪水涟涟，头顶上
微弱的光，拉成丝丝金线
春夏秋冬都穿过母亲的针眼

早年堆积在胸口的泥土
早已被狂风吹散
父亲用汗水和血
又把它糅进我的身体
稀疏的白再次长成茂密的黑冠

这味道风吹不散，雨沤不烂

华发始终覆盖着新鲜

2016 年 3 月 25 日

播种春天的人

黑白混杂的短发
护佑着一张黝黑的脸
踏碎晨曦的迷茫
第一个播种春天
一颗启明星从这里出发
一年的硕果此时发芽

播种春天的人
是所有人的父亲和母亲
父亲把晨露耕成粮食、蔬菜
和大家分享，母亲把大豆小豆
轻轻装进黑土地的怀抱
她的乳汁洒在青青的草叶上

黄牛拉着七寸步犁走在前面
一行一行的豆花在后面开放
早起的鸟不前不后飞在身边

清脆的牛鞭抽响了田野
播种者深沉的脚印
期盼春天

父亲的呼吸越来越重
母亲的手越来越空
他们的背一天比一天弯曲
仿佛刚出土的那只小虫
终有一天，会把自己播种
在最后一寸干净的土地里

2016年3月29日

第二辑

露珠滚动着时钟的清香

云朵之下
牧羊姑娘并不孤独
万物都沿着各自的生命经纬
奔跑飞翔，像世界的初始
和终结，花草隐藏了
悲喜与忧伤
只有时间站在天外
蓝得有点孤独

夏日从牧场走过

猛抬头
一盆烈火向西倾斜
远山沉静。向阳的一面
山气酝酿着忧伤的蓝
背阴的一面，牛羊静悠暗淡
万里长空，放纵流浪的云朵正在逃逸
唯独沙柳的气息
在沙粒上聚集

这是疾驰的夏日
牛羊驮着青草的气息
无限蔓延。群马低头咀嚼
或交耳亲吻，以温润的爱
喂养这片心灵的牧场

云朵之下
牧羊姑娘并不孤独

万物都沿着各自的生命经纬
奔跑飞翔，像世界的初始
和终结，花草隐藏了
悲喜与忧伤
只有时间站在天外
蓝得有点孤独

2016 年 5 月 24 日

秋风从草原走过

冰凉、冰凉
不知从哪里来，到哪里去
南飞的大雁拍打着翅膀
从草原半腰中掠过
一缕寒凉顺势钻进浓密的草丛
是否需要暖一暖身？

一波又一波枯黄的浪涛
悄悄打开白杨绿柳的旧装
瞬间小鸟从枝头上起飞
很不情愿地随风舞蹈
只是想把美的一章留在诗歌里

西伯利亚的寒风
亲手打开漫天的鹅毛
飞飞扬扬……
直到傍晚，突然发现——

沙柳下，一个男孩把一个女孩

紧紧抱在怀里

哦，感谢这个美好的时代

秋风里

也可以看到最美的春天

2017 年 8 月 14 日

初春的早晨

初春的早晨空气僵硬
手指已失去控制的功能
远山披着轻纱
揪出几道白色的抓痕
像粉笔勾勒的虚线
若轻若重

凝视紧贴晨风
思绪分散，在平静与敏捷之间波动
鹅黄超过鞋底，掀翻孤傲的世界
偌大的原野，没有立足的空闲之处

一匹枣红马飞驰而过，打破平静
钢针铁尾左右摔打，山岚快速移动
小兔奔出窝棚，东张西望
小鸟扇动翅膀，滑过山坡
树木向后撤退，山川放松了绷紧的肌肉

唯有湖水，清洗一颗火球，默不作声地
泛起红色的波纹

时钟摆动
从摇曳中抽取许多事情
悬挂晨风，指针甩掉了往事
一往无前，脚步不乱，也不揪心
它搬着上帝，为以身殉职的枯花
赐予敬重的爵位——
母亲

2018 年 3 月 24 日夜

青青的露珠

轻轻地喘息
闪烁着轻轻的莹光
她们是月亮酿造的珍珠
是从河流里飞出来的少女

她站在草叶上荡秋千
随着羊群走过的小路弯曲
有着星星的凌乱，辽远
和飞鸟弹跳湖水的易碎

草原上碧青连天
少女的皮肤需要鲜花润妆
小脾气需要青枝嫩叶滋养
晶亮的肌肤胜过第一缕晨光

青青的草叶
是她们最好的驿站

打包着一粒光，一滴水
无私、无欲，与清风携手
悄悄地融化自己

少女们用青草盘头
都是一色的樱桃小嘴
她们站在露珠上操纵手机键盘
微信变成青草里的水汽

哦，青草延绵千里
露珠比星星多，比青草美
在姑娘们的眼睛里荡漾

2017年10月10日

牧场夜歌

静静的小路
像神话中的白蛇
打开夜幕的洞穴
清晨把羊群引向青草深处
傍晚背回晚霞的清香

远山的草丛中
洒落着若明若暗的蒙古包
迎接朝阳，背回星星
歌声的拐弯处停留着灯火
马头琴旋律缠绕着夜空
我想借一朵花的鲜艳住宿
守候在羊群身旁

半夜醒来
可以打开窗户瞭望
羊儿安详，树木婆娑

露珠滚动着时钟的清香
哦，牧场，清香的钟声
嘀嗒在牧人的心房

2017 年 7 月 29 日

一朵马兰一座大海

记忆的辽远之处
有我最爱的一朵马兰
当年看花的人还在，那朵花还在
还是那样绚丽，可惜看花的人
不再是青春少年

如今马兰缀满草原
白天是一座无垠的大海
夜晚是漫天蓝色的星辰

站在此岸极目瞭望
彼岸的大世界
目光穿不透蓝色的仙气
像雾，比雾清香
像雨，没有雨的狂躁焦急
此时的你我身不由己
既要吮吸清香又要观赏蓝海

一层一层翻阅花海的波浪
寻找第一次闯进胸怀的那朵小花
我爱她当年孤独的样子
更爱她瘦小的身材，我想解开她
以身相许这片土地的秘密
眼前，羊群迈着悠闲的步子
钻进蓝雾笼罩的仙境
远方：骏马的蹄花飞扬出彩云

常言说：花开香十里
这不包括马兰花的魅力
草原上的风似吹非吹
我随着蝶的羽翼轻轻颤栗
蓝色的海潮，一波把另一波
覆盖

2018 年 5 月 19 日

乌兰木伦河畔

穿一身夕阳缝制的软缎
走进深夜
潮气清洗了心肺
没在意走了多少路
长长的影子由河水清点

这里——
蛙鼓虫鸣，香气四溢
杨柳细语，枝条
抚摸鸟儿的梦呓
惊醒了疏星倦色的眼
月亮以柔软的心态
枕着清涟酣睡，只把柔和的光
铺在大地

一条鱼飞跃，打破平静的水面
数不清的涟漪，涌向四方
激活了天地人间

2016 年 6 月 9 日

敖包

朝圣者，五体投地
远远静听石头说话——
草原吉祥，沙子发芽

清风缓缓抚摸石头
褐色的脸颊不因时势而变化
一炷香火以自身的红点亮山头
青烟从石缝里把五谷之香送向天空
神醉了，透过游离的白云
钦点目不暇接的虔诚

敖包吞咽了所有的祈祷与重托
黑色的骨头支撑着白云
让百灵鸟的歌声，把恩泽
托付给草原

2016 年 11 月 10 日夜

拥抱马兰的土地

绿色深处
手轻轻一推，打开了
草原的大门，激情与大爱
投入怀抱

蓝艳艳的大地
马兰舒展翅膀滑翔
一滴花瓣，装点心肺
储藏所有的元气
愿自己变成蓝色的浪涛……

向着草叶的指向
蓝色的大世界一望无际
马兰的气息上升，放弃
身体里所有的忧伤

一条蓝色哈达

蓝得遥远空旷，蓝得幽雅祥和

我放开喉咙大声呼喊：

亲爱的祖国，我身上有一块地方

和你一样美丽

2016 年 5 月 10 日

一朵开放在草原上的野花

怎么开，季节会告诉久渴的身体
若不开，身与心会一同枯萎
若开了，一株小草的好年华
发生意想不到的奇迹

远游的故土人
昼夜兼程奔赴魂牵梦绕的花海
向着炊烟的方向
沸腾与宁静新鲜如初
阳光绚丽盛开在身体里

修整过马蹄的野花
从远古走来，延绵千里
蝴蝶痴迷地醉卧在花瓣上
蜜蜂拉开长音，聚拢大自然的幽香
我的爱恋无需再到花店选择
清风随手翻阅最美的图册

帐篷里的主人，策马扬鞭的骑手
都是我朝思暮想的故里亲人
即使是大雪封山的季节
土炕上开出一盆艳艳的花朵
温暖、喜庆、吉祥
草原深处的残柳杂草，也会
燃起生生不息的篝火

倚着一朵花的脊背，寻找青春年华
摸着风雨走过的沟沟岔岔
期待一个花期
重新回来

2016 年 8 月 5 日

爱的漠流

一

静美的早晨，旭日冉冉升起
金子酿成的液体，缓缓流过大漠
没有欲望、没有冲动，柔软的热切
是她的本性

二

天然的酒杯大小有别，金色霞光在杯中翻转
沙脉从千里深处启程，迢迢不断，丝绒羽毛
围拢成灯盏，胸怀坦坦荡荡，滋生草木
柔软久渴的心

三

我一再张望，你握着手机坐在朝霞中
坐在浓烈的相思里。弥漫大漠的清幽
封住了潮红的嘴唇。因为我说过：
一切都将重来

四

天空换上新的云朵，洁白的丝绒编织成
大海的形象。是你的眼睛点燃了朝阳
更多的黑夜醒来
我平静地面对你，像一次远行
你的泪水如同一枚鲜红的戳记
印在我的心上

五

轻盈的沙泉，源远流长，飞翔梦幻
从一条细流开始，播下春的默契
与你相知是晨光的交融，像流云含着雨滴
除了洁净，清凉和湿润，一无所携

六

走慢些，再慢些。让沙粒承受更深的印痕
让相爱者翘首远望，穿越时空。把遗落在
身后的岁月，装订成一册档案，细细品味
姗姗迟到的未来。你饱含思念的眼睛，在
心灵之河泛起久久不散的涟漪

七

你和朝霞同放光彩，清流飘着灵巧的气息

任华丽的蒙古袍携带花香；任飘逸的流发催生草木

任清格粼粼的笑声赶跑鸟啼；任肌肤熄灭月色清晖

此时，我只能让手机铃声响起，你可知道：

那沉醉不醒的看客是谁?

八

这是前世为今生姻缘建造的大舞台

需要你虔诚的洒脱；需要我激情四射

朝阳走远了，一束春花将凋落在西风里

声音就是一座殿堂，一汪深情都将安营扎寨

九

牵牛草举着淡紫色的花冠，几滴未熄的露珠

在帛幔上跳动。世界很忙碌，也很拥挤

每一个人都是过客，稀有的缘分属于我和你

在这澄明的理性天空，云朵得以自由往来

十

我闭上眼睛，仿佛看到你从未出现过的眼神

随着一汪清泉的指向奔跑，看见微风在绿叶上轻颤
清流在沙粒间产生合鸣。挥挥手，我们同时发声
让漠流细细的波纹淘洗纯真

2017 年 2 月 12 日

洁白的飞花

雪，轻轻地飘舞
静静地栖落
生怕压弯树枝
草茎摇晃
从寒冷里抽出羽翼
比蝴蝶的翅膀还薄

临行之前
对灯火人间充满幻想
看高山舞白裙
听平原唱恋歌
当她得到温暖的礼遇
热泪流成小河

蛰伏于泥土下的小虫
伸展细小的愿望
睁开眼睛看一看新世界
清凉温润冒烟的喉咙

身子蜷成曲尺
用自己的语言叙述沧桑

青草悠闲地踱着碎步
脱帽换装
小麻雀急速穿于林间
飞来一片白
为大地镀了一层银
吵吵嚷嚷结婚喜庆

在冰凉的晨雾里
最先走进公园的是年轻人
男男女女为树枝挂上表情
顾盼生辉的花蕾
早早开口说话，首先替她们
把含情欲滴的心思表达

啊，洁白的雪花，飞吧
事物都要革面洗心
漫天飞舞是最自由的表达

2016 年 1 月 19 日

陪一条柳枝站立

我在她对面，一站就是两个时辰
柔软的腰身像是分娩前的阵痛
从胎位里钻出麦粒状的小蕊
毛茸茸的黄。像屋檐下雏燕的小嘴
香艳的比喻，全部到位

我的心肺清晰，遐想辽阔
辽阔出最美的世外桃源

这是我常去的地方。熟悉那条
磨掉油漆皮的长板凳
熟悉那株亲吻过的芳草
留恋久久等来的一城飞絮
至今割舍不下那片披身的黄昏
当新的岁月升起的时候
美得就像她自己

站着，不要左顾右盼
请注意柳枝的节奏
她已占据了春的制高点
站着，不要翻看手机，没有必要
与信息纠缠。柳枝会表达最美的心声
那柔软的身体，淡雅的美真实存在
轻松掀翻昨天的世界

2017 年 3 月 7 日

湖岸上没有秋天

作别春天是一件十分揪心的事
一瞬间，高压锅蒸熟了一个季节
花草像成熟的女人，穿着厚实的衣服
鼓着肚子，有分娩的迹象
几朵深黄的油菜花藏匿于绿波
粉蝶无序地追逐一场枯落

湖水以西的云堆成雪山
雪山以西是神住的地方
湖堤上的护林工人，检修秋的乱发
果林里的鸟飞起飞落，为两只小麻雀
搭建洞房，游船带着夕阳的余晖
打起彩色漩涡……

草滩上两匹马，油光净亮
引颈远望，时而发出咴咴的叫声
清风梳理着我的乱发，也梳理

零乱的思想，我看见紫荆树下
一位红衣姑娘，快步靠近马的方向
可能与另一个人飞向远方……

2016 年 8 月 10 日

暮色

暮色撒开巨大的网
瞬间捕捉了所有的光
只有乌兰木伦河保留了
白天的曲调，即使披着黑纱
也唱响同样的歌
弯曲的水，飘逸的哈达
追寻归宿的梦想
游船挽住浪漫的风情
欢声笑语渐渐远去
一对一对情侣牵手上岸
正点钻进暮色

2016 年 3 月 16 日

重回库布其

飞鸟起航，不是迎战的姿势
怕柳枝疲累，自觉使用翅膀
带着柳花、杏花、沙枣花……
在高温下掀起酸甜的浪

走上长长的沙峰
迎宾毯上点缀着多彩的嫩芽
辽远的林带拉长了视线
蝴蝶飞来飞去，猜不透
在哪棵树梢安家

柳枝抽打着阳光
沙海未掀起旋转的涟漪
小草打捆了飞舞的明沙
我不舍得离开会说话的小花
你也千万别出嫁

我从不说梦话，记得多年前
在这里埋锅造饭，一把火
惊走了唯一的鸟，一只
小松鼠一溜跑过几个沙坝
瞬间沙粒开了花

多年后，我又重返库布其大漠
小鸟的翅膀送来清凉
小松鼠撞碎树椏间的阳光
啊，远方的游子回来吧
路就是小兔的踪行

2016 年 6 月 3 日

钉在树桠上的约定

有些海誓山盟的话，风相信了
瞬间就转身而去
有些话不一定表白，却胜于表白
你看：每天清晨第一缕阳光
都要站在河畔的那棵老柳上
静静地休息，耳语机密
从未签字画押，日复一日照样升起

树叶绿了黄，等凋谢的时候
阳光还是准时蹲在树桠上，用长长的
胡须，温暖僵硬的枝条
树叶黄了绿，腰身柔软起舞之时
阳光仍然停留在树枝上，亲密相见
心照不宣

这是一棵河柳，它在不停地感动
把清流剪成草原的秀眉

只为鱼儿飞出河面，鸟儿飞向屋檐
只为牛羊清爽，山川秀丽

根深深地扎进泥土里
生怕丢失了自己，准时为阳光搭建座椅
天天温暖熟睡的孩童
护佑大爷大娘与时光拌嘴

——这是无言的约定，永不食言
老柳返回了童年
大地再一次更新自己

2018 年 6 月 7 日

寂静的山间小路

没有鸟鸣，没有蝉音
树叶谦卑地低头，静听自己的来世今生
曲径小路蜿蜒着寂静，刻印着
人生的坎坷与孤独

躬身喘息
登上花果山就可以构建一个水帘洞
与神的天堂比美
齐天大圣啊，请你快到此处取经

两步一停，三步一息
把眼球的容量放到最大，采集风景
把手伸得最长，采摘野花、野果
还要观摩奇异的石头，因为它斑斓的表面里
藏着猜不透的迷惑

我们不愿轻装快行
只想把所有的风景背到山顶
偶尔看到隐藏在林荫间的房子
其实它们是树的另一个品种
更像是我们走散的情人
闲坐在大伞下的老人，一边品茶
一边挥发微笑的表情
飘逸的长须那么白，肯定是月亮
每天镀一层银

站在老人餐桌前的一只狗
抬头看了一眼来路不明的人，默不作声
转向老人的背后，为我们让路
它谦卑的眼神，比我温柔
是因陌生而胆怯
还是山规山风?

缓缓登上山顶
一棵参天大树举一朵白云
风雨斑驳的根穿透岩石
绽放着陈年的笑容表达感情

根段上新生的小苗是有福之人
刚出生就放眼千里蓝天，大山的臂膀
紧紧把它搂在怀抱之中

小路气喘吁吁把我送向一棵大树
继续攀登，需要向孙行者学习武功
摘一串星星，为那只善良的狗
扎一串铃铛，回馈小路
竖一排闪亮的明灯

2017 年 7 月 6 日

路过小河

不是周末，不是节假日
路上车辆稀疏，人自然少了很多
一条银色的清流悠悠荡荡
唱着欢歌，打磨着乱石迂回而过
三三两两的垂钓者，比大青石更有耐心
目不转睛盯着水面，眼神偶尔
打起一圈漩涡

一只鸟衔着白云在蔚蓝的屋顶下飞翔
几经旋转落在我的前方
犀角一样坚硬的嘴巴插进水里
一阵清凉后再拔出来，轻松地拍一拍翅膀
我爱它洁白的羽毛
爱它身上所有柔软的黑色

芦苇和蒲草翠绿了小河
清风举着堤岸上的柳笛鸣奏悠扬

鱼儿踩着音节，快三慢四地舞蹈
贪婪的欲望追赶柔软的清波
飞身钻入草丛，蓝天在水底摇晃
一片白云又一次收拢飞翔的翅膀
久久站在绿色枝头瞭望

我想伸出手臂拥抱白云，搂住绿色
因为白云是我的翅膀，绿色是我
生命的光泽，我要带一瓶泉水的清凉
洒向干旱的地方
滋润一粒沙子的心脏

2017 年 7 月 1 日

向飞鸟致敬

羡慕你的崇高
一路爬险峰，闯红灯
在云天里由南向北，由北向南
选择事业，选择时令

羡慕你的意志
剪刀似的翅膀悬挂于高空大海
随着急流险浪上下翻动
剪碎云，剪碎风，剪碎冷热的泥泞

羡慕你的智慧
栖落在高山之岭鸣唱
叫醒大自然的美景
驻足枯叶飘落的树枝
深沉地遥望远方的吉凶
选择一条迂回的路径

羡慕你的胸怀
当我要和你一同飞翔的时候
恰是风雨雷电的时辰
前方还有警示的红灯
唯有你停航让路，拍拍翅膀送行

小鸟啊，我知道
你和山水树木的感情
更知道你和我的亲近
当我们比肩齐飞的时候
蓝天就会成为我们的故乡

2018 年 4 月 2 日

走进大青山峡谷

静卧在草甸上的骆驼
牙齿镶嵌在陡峭的岩壁之上
牙缝间钻出野山榆、野山杏、红缨果……
披头散发的少女们，举着红黄紫绿的手帕
笑盈盈地编织青春焕发的世界

清格凌凌的溪流学着银蛇弯转
碎步踩着浪花跨向彼岸
不惊动清流的安静与纯洁
坐在天然的绿冠之下，大口地呼吸
肺腑深处的感叹

草花肆意开放
清香与山谷碰撞，粉蝶以优美的舞姿
送来凉爽，唯有讨厌的小蜜蜂
什么都不在乎，唱着情歌，抚摸这朵
亲吻那朵，红黄紫绿一朵也不放过

我必须用这些原汁原味的美
好好喂养自己，花点硬币盖一座小房
听山鸡毫无掩饰的鸣叫
看花草疯狂的舞姿
听星星皎洁的赞美

六月的阳光热烈，晃动着一树繁花
最美的一朵站在山顶之上
随着清风晃动着你，晃动着我
不同身份的山雀在树荫间
播撒浓烈的清香，此时
山脚下的琴声缓缓流向远方

2017 年 6 月 29 日

在黄河拐弯处散步

黄河迈着懒散的步子漫游
在这里突然掉头，
一百八十度转弯向西挺进
河南挂着河曲县城
河北蹲着龙口镇

不需要远眺，黄河就在脚下漂流
淘洗一千遍的河沙，身子柔软滑润
波澜以漫过冰坡的姿势回落到原处
山头上那位喊着信天游的牧羊人
像敲着破碎的西北风

远处昏暗里楼房林立
渔船之上兵分两路的河水
像两根柔软的桨搬着帆船走向远方
高楼的根深深扎在船板上
河水的灯光比繁星多

护宁寺的神高坐在殿堂中央

僧人双手合十，叩头、上香……

神的目光远大，从不用语言表达

把慈悲的心交给紫红色袈裟

僧人手指滚动佛珠

启动嘴唇说出满天星星

2018年7月10日

黄河峡谷听涛声

云在脊背上疾走
浪花骑着飓风狂奔
像母亲的针线穿过天地洪荒
雪粒的白，照耀苍茫

狂涛是它内心力量
拥挤着弯弯曲曲的峡谷
纵身跳下悬岩飞起万丈清明
磅礴在弯道中势不可挡
岩洞敞开巨大的胸膛
日夜倾听万古苍凉的长歌

河心石试图改变洪流的走向
拉起高八度的狂音
一条大河，即使粉身碎骨
也要向前
海鸟抖抖羽毛，缓缓走过

一条鱼被浪潮推来推去

我也摇摇晃晃，远方——

一朵花盛开了，另一朵花凋谢了

我和浪花一样

都是时间的过客

2017 年 6 月 15 日夜

山里人的后花园

一

七沟八岔的大山
弯曲着几代人的生活
黄土上残留着清晰的图景
大青石是一架天梯
以傲然的姿势登高瞭望

曾经的贫穷之地
在我的精神里并不贫瘠
山峁沟洼蓄满春风，长满阳光
桃杏李从母腹中抽出枝条
举着麦粒状的鲜嫩，放展腰身
追赶春风，一朵桃花率先打开
新时代的闸门

春的肺活力
在同一个时间律动

花蕊带着母胎给予的内功
一瓣一瓣地红
红白淡雅比小姑娘的脸蛋均匀
一边迎朝阳，一边照人影
一朵红变成一树红
一树红染遍满山红
一坡红红的火苗
一坡红流温馨滚滚

二

站在一棵树下
你自然会涂上淡淡的口红
春风呼喊杨贵妃到这里沐浴
熏身，再次美白柔嫩
一山小火苗忽上忽下，随风跳动
再黑的脸颊也会飞起两朵红云

此刻，我想喊山、喊花、喊亲人
把情和爱都喊出来
抚摸一棵树的绿
再品味一朵花的红

看太阳光线怎样从不同角度
与每一朵花亲吻
看清风怎样翻转蝶的翅膀
小心翼翼地把清香送给远村近邻
然后拍一张花枝招展的照片
青春永存！

清幽恬静，任由浓烈的花
肆意流淌
小伙子在树荫间有力地奔跑
汗水湿了衣襟
他只看到疯长的颜色，找不到
那串银铃的笑声
红花绿叶都摒住了呼吸
聆听花海深处的天籁之音

三

我趁着云梯一阶一阶向上攀登
在向阳山坡翻一个筋斗
就会掀起一坡红色的波浪
蜜蜂趁机撩起青春澎湃的花衣裳

分不清哪一层旧哪一层新

山杏怀有虚荣之心
背靠树枝露出小脸的白
战战兢兢
还有说不清的黄紫蓝黛……
竖起头，随时借一缕阳光
审视自己的身影
其实虚荣就会失去自信
万紫千红才是完美的春

哦，山、树、花
沐浴着春风，胜过了
唐诗宋词的婉约与浪漫
手提阳光，散发出闪亮的
安然与自信
穿越苦难与幸福的山里人
是花园里的神

2019 年 3 月 15 日

初冬的伊克昭公园

失眠的疲倦，突然提醒我去一趟多日未谋面的公园。
约同事前去观赏，感受颇多。
——题记

没有雾霾，只有雪花
阳光懒懒地甩出柔软的缆绳
挽救园中的花草树木
老人们伴随枯枝残叶，在大道喘息
青春男女在树丛稠密的自治区里
搂搂抱抱，打开自拍的手机……
那些走过中天的人们，拳打脚踢
白鹤亮翅，理屈的小麻雀
静静观看，不敢多嘴

树根深深扎进泥土里
树干消瘦了许多，铁青着脸站在原地
把谢顶的额头交给风霜，交给飞鸟

不离不弃的承诺只是一句悦耳的美言
贴身的黄褐斑也随时跳伞
箭天杨一身清白，始终不用染发剂
重现昨日的墨绿风采
再度开花的欲望，深深藏在心底
小草弓腰屈背，祈祷、求拜
是呼吁，也是抗议：
时光啊，你可没有情义
我们都没有来得及大爱……

草坪上洒落着数不清的铜钱
它们随时都可能败走麦城
静静回忆鸟鸣的诗情，阳光的灼热
叶绿素已托付给前一个季节
借一缕轻风隐隐哭泣，短暂的一生
提炼出生命哲理

跳吧，唱吧！亲爱的朋友
公园大道很长，也很短
爱吧，笑吧！亲爱的朋友

大自然原本就是为你们美丽

所有的爱，组成一个大家园

2017 年 11 月 9 日夜

鄂尔多斯的早晨

鄂尔多斯的早晨
在海拔两千米的高原上醒来
没感到风点刺穴位的颤栗
右看小草披肩，左看彩虹连天
露珠骑着牛羊唱歌跳舞
五颜六色的小花拉开剧场的帷幕

不能忘记昨夜的月亮
它驱散了草原的漆黑
也不能忘记懒散的星星
它尽管眨眼打困，亲手从大西洋
打捞出巨大的火龙果
安放到东山宽厚的肩头之上
一波一波的金光覆盖草原的寂寞
小花献礼，小草鼓掌

乌兰木伦河轻松愉快地欢唱
芦苇欢笑，举着火球接力赛跑
鱼儿嬉戏舞蹈，你争我抢衔一口火苗
水面倒映着：博物馆、图书馆
婚庆园、赛马场……
八百年前的铁骑甩臂拉弓
射出数不清的金光

晨练的人们啊，自由选择吧
观景还是闻香?

2018 年 6 月 3 日

沙海盐晶

——杭锦旗盐海子游记

深沉的驼铃
在沙粒细胞里发芽
吟唱绿茵
野兔转换了思维
追求多仔的幸福
每一株沙柳下建一个新鲜的窝棚
它们喜欢这绿色的世界
清幽幽的宅院
更喜欢含着咸味的风

至今，我不清楚咸的来源
我的身体本能地说：
盐就是母亲的爱
母亲精心挑选一粒盐
就可以调制一盘苦涩的野菜
那味道的鲜，色泽的美

远胜过今天的猪骨头烩酸菜
否则，我的童年就泡在苦水里

望着穿越时空的盐田
白天晶晶闪亮，夜晚一汪湖泊
晶盐打开古老沙漠的新世界
也打开封闭自我的天窗

一粒盐的生命有多长
我相信它的坚强
类似铁的力量

2018 年 6 月 16 日

走进鄂尔多斯草原

这是骏马追风的地方
一匹洁白的神驹，引领着
八百年的风雨，披星戴月
鬃毛掀起时代的巨浪
朋友，欢迎你
为安康起舞，为月圆而歌

花草编织地毯，哈达搭起苍穹
护佑善念的生灵，从古到今
这里生长信念，这里没有迷路人
往日烽烟里的泪水
自然生成星罗棋布的星星
小羊开辟了路径

这里的天空高远纯净
朝阳拉出艳艳的五线谱
温暖在胸口，当黄昏的时候

落日再次点燃天空的篝火
湛蓝涂抹着花草的颜色

当夜幕收走细微的事物
乌兰木伦河摸黑奔向远方
湖面上五光十色的水柱疯长
人间的喜庆与夜空碰撞
掩映在牧草丛中的蒙古包
马头琴拉响朗朗的月光
花草编织的经卷被春风一再翻越
成吉思汗的金顶大帐之上
白云载着朝拜者的虔诚飞翔
神明普度众生风调雨顺
牛羊踏碎朝霞的金黄

根有多深，影子就会有多高
云朵护着天空的彩虹
在草原深处，我们一同种植
繁茂、包容与虔诚

2016 年 8 月 3 日

第三辑

秋风里的电波

护林师傅，母亲的职责
除草、灭虫、浇水……
此时必须硬着心肠用快刀
在秋风收走它们之前
剪去走邪路的枝杈
确保必要的留白和干净的表达
确保一棵树
能够找到回家的路

谷雨过后

犁铧翻出阳光
擦亮鸟鸣
村子变成一座叮当作响的铁匠铺
打新补旧催醒黎明
父亲的鞭鞘发出了嫩芽
老黄牛的蹄印里写满春光

父亲的腰柔软、坚硬
一会儿弯一会儿直
弯下去是一支毛笔
直起来是一柄旗杆
两只粗壮的大手书写江山

犁柄一样的腿锈满泥花
是斑斑字迹书写的记录
耳听此起彼落蛙的歌声
长长的呼吸闻到稻谷喷香

太阳坐在西山

牛和犁也陪同休息

父亲站在田埂上

搓一搓手，拍一拍身上的泥土

装一袋旱烟点亮漫天晚霞

而他自己像一块烧红的铁

在晚风里开成一朵烂漫的山花

2019 年 7 月 6 日

挽留不住夏花的热烈

水银柱快速上升
红黄紫绿热烈奔放
仿佛从未遇到过这样的机遇
那株紫丁香，夜间还在芬芳
不是妖艳，只为追赶时光

墙上的闹钟嘀嘀嗒嗒呼叫不停
宇宙为它限定了时速
再无别的路可走，我握着它的手
温度正常，不是最后

最后必然来临
雨生来炎凉，风性子暴躁
草善于低头沉思，花蹂躏自己的感情
最后，是一个规律：张扬只是
短暂的旅程

春天喊过我的名字

夏日催我大紫大红

闯过这两道关口之后

唯一的路：天高远，地沉重

下一站，寒流代替了蜜蜂的多情

夏天再热也会变凉

冷，会让内心一直保持清醒

2018 年 7 月 8 日

树木轻装了

公园的路是狭窄的
树木膨胀，拥挤、缠绕……
随心所欲地占有空间
强行与晨练者抢道

我知道树木的梦想很大
每条嫩枝也很有抱负
沿着雨线伸展腰肢
指尖引来阳光朗照
不辜负旺盛的季节尽情风流

护林师傅，母亲的职责
除草、灭虫、浇水……
此时必须硬着心肠用快刀
在秋风收走它们之前
剪去走邪路的枝杈
确保必要的留白和干净的表达

确保一棵树

能够找到回家的路

2016年7月9日

仲秋的早晨

树梢挂着稀疏的鸟鸣
引来一缕晨光的脚印
催促晨雾快速地散去
欢呼升起点亮世界的一滴红
捡拾鸟巢漏下的笑声

深深地呼吸，打响一个喷嚏
震颤山林。青草野花的气息还在游荡
体内蕴含着一丝体温，融化
花叶上最薄的一层秋霜
留住青春

草木依然茂盛
细细的纹理流淌着绿的血脉
大杨树木讷地思考着什么
松林仍保持着惯有的傲气

唯有那朵小花沮丧着脸
留恋往日，还是哭诉未来?

晨露沾满时光的碎屑
鞋子磨光风的小刺
诺大的世界背着多型的事物
谁能抵挡时光的利剑?
强大会变得渺小
渺小的也会变得强大

2019 年 9 月 19 日

月亮从我身体里抽出一丝一丝的光

星星焦急地等待着什么
月光是多年的灯火
它们都亲眼看到了人世间的
欢乐与悲伤

每当夜深人静，心灵上演着
一幕一幕电影，感情的场景没有人
能说清

黑暗像潮湿的电线，刺刺冒出火花
月亮是一个温柔的小姑娘，以最轻柔的动作
从我身体里抽出一丝一丝的光

2019 年 8 月 19 日

北方的深秋

大雁南飞
风打着口哨，向北
惊飞了芦苇的虚情
月光收回了散乱的柔美
阴云挥洒一把白花
仙风道骨的高山
顷刻白了头

枫叶举着阳光的神采
细小的纹理
浓缩了北方的血脉
命运在平等中竞争精彩
这不是第一次经历
漠北独有的大美

风吹过田野
枯枝挥手别离

残叶展开翅膀做最后的飞翔

可能在山头落户也可能在原野流浪

一个急促行走的人

抢夺下一个方向

一直走

你就会遇到你的梦想

2016 年 1 月 23 日

为月亮献一杯清茶

一叶山间绿色
在青瓷中妖娆
缕缕清香升腾春的灵气
悠悠旋律引来夏的烂漫
一幅山水画在茶杯中徐徐展开

这杯茶首先应献给月亮
今夜她圆了自己圆了人间
我愿陪她品尝晨露的闪亮
我愿陪她观赏山川的秀丽
绿叶摆动腰身，清香的烟岚
飞出茶杯，成了茶姑娘
浅浅的酒窝

翻阅李白的床前明月光
山川静谧，弹出醉意
哦，这如诗如画的旋律

把凡尘中的喧嚣沉淀在杯底

月亮啊，碰杯！可否一醉？

2019 年 9 月 13 日夜（农历八月十五夜）

秋夜明月

夜风含着口琴，曲调凄婉
收割了田园，唱衰了原野
吹上一位老人的眉梢，涂染两鬓
难以理解一张脸的苦涩

朗朗的月光不敢太快乐
有时扯一块黑云蒙着脸
叫人难以琢磨心思
有时犹抱琵琶半遮面
羞羞答答，一路西滑，是愧疚
还是疼痛？难以表达

人们都不敢像夏天那样开放
唯恐凌晨将衰老挂在窗口
谁都怕沦为时光的冗余，只想
搂一轮明月，定格在中天

遗憾像无形缠绕的蛛丝
天地之间的一切事物都在转换
别再空幻过往的从前，昨天的
证据已破坏，只能从文字记录中
追寻流失的味。月亮
展开明晃晃的翅膀
就要潜入大海

2017 年 9 月 20 日

深秋的枫叶

我只知道你性格内向
春天抽条，不争艳
夏天青翠，不芬芳
十月的青霜向草木发起巨大的围剿
千山万壑的枫树放声大笑
笑出千万亩红色波涛

时间一点一点滴落
两鬓发出斑白的声响
但履历表打上了红色印记
一片叶子就是一盏灯
一段人生的旅程

一位老人的胡子缠着枫叶红
金鸡独立、白鹤亮翅、野马纷鬃……
他没有坠落于怀旧的枯萎
寒风吹来青春，谁说芬芳的时代

已过去？那缤纷的红叶

会变成一场

未来大雪的羽翼

2019 年 10 月 13 日

生活哲思

头发盘至海拔五千米之上
就会失去彬彬有礼的秩序

涓涓细流投入大海
就会使人难以丈量他的胸怀

诡秘的图谋藏匿在幽深的避难所
高倍分的放大镜，精密度的显微镜
只是一脸盲人之苦
等一束阳光打开裂缝

草原是辽阔的
湖泊是镶嵌在额头明亮的眼睛
一匹骏马掀起巨大的冲浪
却对一只水鸟无能为力

灵魂虽然是干净的

对肉体来说或多或少总有些刺激

身子虽然是端直的

骨密度必须随时经过火的修补

2017 年 10 月 3 日

供奉

怀着比石头坚硬的虔诚
走进威严阴暗的大殿

神庄严冷漠，一脸没看见的表情
我上香、点灯、磕头、敬贡……

侍从站在神的两边，上奏折述民情
神始终未伸出不自然的手，似听非听

神不使用自己的嗓音，更不需要扩音器
他让凡人说话，自己走在暗中

跪拜的人，想把心肺里的话讲清
神似懂非懂，始终是一个面孔

众多的耳朵里不时传来梵音
神不管事，把要说的话托付给僧人

神始终端坐在高堂之上
原来我跪拜的只是一个形象

虚无的梦想覆盖了人间烟火
其实是自己与自己捉迷藏

经历了世事的人应该大彻大悟
天天注意卫生，主动清理自己的灵魂

2017 年 11 月 7 日夜

太阳

我想拥抱你
亲手摸摸身子是否寒凉
从出生的那天起，闪光的泪滴
为原始生命披上暖装
几亿年？我说不清
奔波在大山丛林
小草叶片上打着火的印痕

我想与你接吻
又怕你剧烈的热情烫伤嘴唇
望着黄昏的背影
屏住呼吸，生怕把你惊醒
你正在梳理金丝，准备
甩出征服世界的缆绳

我想跟着你飞翔
直达最原始的故乡

看看你的父亲、母亲
具有怎样神秘的力量
抓一把灵气，帮我解脱
命运的牢笼，摒弃黑暗的流浪
向着宇宙间我最爱的人
奔跑在路上

2016年4月5日

漩涡

时针催促着湖水
破译了宁静的密码
站在海岸上拍照的游人
一瞬悟透了一生

芦苇驮着黄昏
细数湖水不散的波纹
水草被染成夕阳的色彩
身披霞衣的那个人
通体透明

沸腾了就无法平静
连滚带爬向着漩涡汹涌
仿佛整个天空
在一滴水里惊悸跳动

站在岸上的游人
面对漩涡飞腾的花环
要么狂喜惊呼
要么复发旧时的疼痛
直到自己
成为自己的漩涡

2018 年 9 月 17 日

向大海呼唤

大海塞满蓝天
蓝光闪闪
道路在这里全部消失，哪里
寻找大海的边界？可否
摘一朵浪花飞向天涯，站在
疆界的彼岸放声呼唤，听一声
祖国的回音，欣赏天外之天

海浪拍打思路
我快速寻找一个完整的方案，顷刻
脚下潮润，头顶飞出万丈清泉
狂躁的海风吹开胸襟，衣衫飞舞
头发与浪花一同翻卷……
和浩大的群鸟为伍吧，骑着海浪
飞舞、鸣唱、盘旋

掏不出更美的词描绘大海
只看见太阳潜入海底，海面金光闪闪
海浪击打着沙滩
那节奏和姿态——
超过西班牙斗牛曲的雄壮
超过驼铃敲击库布其大沙的汹涌震颤

剥开一朵巨浪的花瓣
体内含着苦和咸，历经几千年
大海的涛声诉说衷肠，纯洁的浪花
飞向高山，飞向遥远

大海从不静止
它和华夏的泥土同呼吸
时而追赶舰艇的狂飙
时而跃起臂膀摘一片白云
重重甩落，填补潮涨潮落的空隙
我知道大海的沧桑，我知道
大海听过惊雷，见过狂风的经历
怎样领略大海的浩瀚与厚重？
怎样破解猜不透的大海神秘？

一波一波的海浪

一直在

默默地淘洗着自己

2018 年 5 月 4 日

游弋在湖面上的荷

水鸟惊诧
斜侧身子低旋
欣赏这游弋的惊世绝艳
翅膀沉重
羽毛像一件老陈的外衣
“哦，这是嫦娥的纱裙
怎么突然飞出湖面”？
风吹不倒，浪打不散
亭亭玉立，内心娇藏着
怎样的秘密？

含蓄淡雅
只有相思才会有行动的颜色
在这群鸟出游的春天
在这石头开花的春天
她终于控制不住自己
从淤泥里展开豆芽状的翅膀

清洗再清洗，直至洗出
独特的香气，断然打开
水的缝隙，如花似玉的姑娘
在水的大世界站立
她向大自然宣布自己的梦想
翩翩起舞的叶片，远胜
水鸟的飞翔，粉红色的笑脸
远胜梦幻中的红霓

迎春的荷
我没察觉你要飞
更没察觉你要飞向谁
在这蔚蓝的湖面上
在这群星争艳的湖面上
一眼就能认出你
正是我
多年前认识的模样

2016 年 7 月 27 日

走出大海

偌大的名利场
放不下一台天平的宁静
我从不想当威严的权力主人
放弃自认为金子的身价
只选择写字作画

眼前常闪烁着
古罗马斗兽场的残暴
很多假面具隐藏着一把把刀
或打碎我柴米油盐的瓷瓶
或割一块血淋淋的肉
即使瞎眼小鬼扬一把沙尘
剧烈的咳喘会立即发声

我是竞技场里没武功的人
寒舍里的苦与痛，只能送给
午夜的梦。打开窗户开阔视野

只为得到一缕清风
黑色的枯枝
正用残雪的眼泪催春

城市、乡村，每一寸土地上
游走着几千年的诗魂
摘一朵开放在原野的马兰
我只需要一只花盆
就能够把大海种植在里面

2016 年 2 月 21 日

一只花衣小鸟

站在大海边，目不转睛
观赏汹涌澎湃的浪花开放
一只花衣小鸟站在海的一角
以弹跳的姿势追逐疯狂的花朵
它很不在意我的存在
以为站在它身旁的是——
一截没有危险的树桩

浪花抚摸着柔软的嫩沙
小鸟随着浪花的节奏高跳低落
圆圆的肚子吸收了炎热的疲倦
我忽然觉得自己也轻松许多
椰子树展开一把遮阳大伞
情愿把影子落在我的肩上
像兄弟那么亲近，不舍得给我
增添一点重量

小鸟扬起脑袋叫了两声
向大海表示感谢，拍拍翅膀向我
告别。突然，“嗖”的一声，两脚蹬翻了
一片海浪。瞬间大海与蓝天的夹缝里
插进一支锋利的箭

2018 年 4 月 14 日于海南三亚

母亲的海

海浪飞溅
我是其中的一朵小花
澎湃咆哮的惊涛是我的笑声
拍岸的气势是我的影子
一道升天的彩虹
是大海独具一帜的风景

我是大海的儿子
带着急切的思归
与鱼儿一起干杯
品出了浓浓的苦咸味
原来这是母亲最原始的奶水

掬一把沙粒仔细端详
这是母亲留给我最好的礼物
一次次用泪水冲洗过滤

让每一次潮起潮落的心跳
在我心中，转头，回眸

2018 年 12 月 10 日

约定

不愿丢掉一丝彩云
不惜忘记急匆匆的踪行
随风追赶约定的地方
一棵翘首瞭望的树
孤独苍凉

夕阳欲睡
等待群山铺平一张大床
凉飕飕的秋风衔着残叶奔跑
还有多少时间蒸发在路上?
你不来，我不等
承诺在夜幕里枯黄

还是写下一页日记
一支颤抖的笔
写在风的扉页上——
当金光撞击山头

敲碎了你的谎言

也敲醒我的梦

2016年8月9日

不管怎样表白说的都是爱

刚刚入夏
一缕风牵着我们会面，暖暖的
仿佛不准备露面的小草
此时找到发芽的土壤
想说出一个字，小草太嫩
总撬不开口，盘根错节
一再说起爱的甜蜜与欢乐
滚烫的热浪从夜幕下穿过
太阳变成月亮，月亮变成太阳
炽热与温馨，爱也忧伤

2018 年 6 月 6 日

一根导火线

这是一次不寻常的合影
轻轻一瞬，一缕秀发掠过我的前额
点燃了一根导火线
以流星穿越长空的速度
回到当年

记得那是阴雨连绵的季节
阴晴圆缺总是缠缠绵绵
白天那缕长发是遮阳伞
夜晚潮红的脸颊只有月亮看得见
医生啊，从来治不了爱的失眠

2017 年 3 月 3 日夜

秤头的高与低

长音短音
此起彼落
悠扬的声浪不卑不亢
昨夜，脑汁生化成欲望
挣钱只是一张面膜
买卖行道的规矩：
一手钱一手货
你只能人前笑，人后哭

老百姓过日子
总喜欢把心摊在天平上
我的肉坨坨换取你的肉坨坨
吐蜜人的舌头能转动秤头高低
良心，只能事后掂量

良心平衡天地
总有一只手随时捕捉憨厚善意

世界之大

一颗包了漆的心，在阴暗

角落里操作支点的左右高低

2017 年 3 月 3 日夜

还是这把椅子

椅子还是原样
老张离开它，似擦去的灰尘
老李离开它，抹去一些人的心痛
椅子还未出现新面孔
背后的欲望像潮水涌动
唯有岁月的抹布很有耐性

不管张王李赵什么姓氏
位置更新后，张贴什么样的表情
一切由命运决定。这把椅子
源源不断流动着体温
聚集到下游的一隅，专供
空闲的嘴播放各种形状的声音
论两称斤

2016 年 5 月 23 日

一场悲壮的旅行

雨还在下
垂柳把叶子熬成蜡黄
背负着高楼大厦
追赶风，追赶月光……

疼痛和悲伤就像轰鸣的搅拌机
永不停息。夕阳的余晖
将秋天和工棚紧紧捆在一起

花白的头发是平茬的芦苇
任由季节的颜料涂抹
风雨在皱巴巴的脸上奔跑
那深深的痕辙，爱着、恨着、痛着
月亮等待着回乡的那一刻

雨还在下，辽阔的疆域
浓缩成简陋的工棚

夜幕下一列火车呼啸轰鸣
心跟着铁轨飞驰，身体正在
进行一场悲壮的旅行

2017 年 8 月 28 日

红高粱

姑娘的腰太嫩
扁担一压就弯了
就像那株青青的高粱
她站立、弯腰的姿势都很好看

小时候，她常挑水浇园
汗珠一颗一颗砸在深深的脚印里
我搞不清久久不散的原因
长大了，老怀想她弯曲的脊梁
原来，低微的门槛
是一条挣不断的绳索

我和她近在咫尺
因为天天在对坝坝圪梁
我想用锹把量量她的身材
可老躲不过太阳的强光

站立身子，拉长视线
拴不住心动过速的频率

她母亲眼里露珠闪烁
我母亲眼里泪滴线珠般滚落
哦，都是母亲的两滴泪
是一条根上的两株高粱
风吹日晒，腰直了，脸红了
闪放出美丽的光彩
来自四面八方的目光
从头到尾把她
重新打量

2016年3月23日

沙湖观鱼

一枚枚闪光的钢钉
将一湖清澈
牢牢钉在沙漠之上

一群一群地飞
自由自在
得意地把蓝天铺在脚底

随时在巨大的白云下乘凉
自以为是世界上最安全的地方
但万万没防住一根钓竿
静静的诱惑

2017 年 9 月 19 日

我希望长成一座桥

飞跃黄河
我爱上了桥的价值
如果我幻化成这座高架桥
车水马龙，朝拜我的人一定很多
有的长着翅膀
有的缓慢爬行
此情此景我会激动不已

如果我是海上那座桥
是上帝编织好的一条彩带
用钢筋水泥的身躯
与海水对立着
遇到狂风雷电
海水会向我发动一场现代化战争
遇到冰冻三尺
我会披着寒衣孤独地守候

如果有幸成为小河上的一座石板桥
青杨翠柳为我披绿
游船的白帆为我打伞
光亮的桥面沐浴三尺厚的阳光
达到祖母玉手镯在灯光下的亮度
这里会常常遇到摆弄手机的少女
有时候是一位英俊的少男
长久地凭栏伫立
深情地等待
一个怦然心动的相遇

更希望我是一座无形的天桥
在你想我的时候
能够突然起飞

2017 年 8 月 16 日

乔家大院

这里是一座城堡，很不寻常
院子里九曲回廊，通往清朝
慈禧的御旨还在不断地往来传送
马蹄声飞扬着银两

一步一步走向内室
细看旧时代留下的环形地图
左边是黄龙飞翔的踪迹
右边是斑驳模糊的彩凤雕梁

阳光走过回廊，重檐下的浓荫
有着河滩上细沙打磨过的清凉
像乔老爷穿过的一件旧衣裳

高大的院墙内
古装少女，秀眉比翠柳的叶子弯长

彬彬有礼，轻声问好，迎客
亮甲弹出红黄紫绿的光

院墙的外围，人声鼎沸
叫卖声汇成交响乐，比迎接慈禧
的时候乱了许多，驱赶了当年的
死寂与胆怯，乔老爷的买卖观
已作了大胆的改革

此时，一米多高的阳光
是眼睛、欲望、速度，赶着奔跑的
农用车，一趟一趟运送蔬菜瓜果
还有乔老爷从未穿过的衣裳……

2017 年 10 月 2 日

眼睛里的风景

睫毛轻松打开窗户
叶子带着田野滚滚流动
在倾斜的枝节与狂笑之间
天空晾晒着所有的蓝
蝴蝶东奔西跑，成全
不同姓氏的姻缘

这是六月。青春年华的季节
藏不住许诺的唇齿，情窦初开的
少女只想把丰姿献给天空
慰藉孤独的眼睛。为点缀空阔的湛蓝
没有秩序地奔跑，步伐难免错乱

鸟带着不同颜色，涂染绿色吟唱
飞翻苍穹的翅膀，紧紧追赶霞光
带着多嘴的孩子，潇洒走一回

即使栖落在树枝，不断用爱
与被爱的语言填补辽阔

窗外，季节疯狂，舞姿美得
很不规则，穿红穿绿不由爱美的
眼睛选择。深深浅浅的口红，把
曲径小路全部淹没，朗朗的阳光
从草叶上走过

目光饱尝了过多的幸福
把感觉变成练习青草的舞步
相比窗外天地狭小了许多
季节同时覆盖了所有忧伤
向着空阔的大世界，我使劲
喊出所有的承诺：在寒冷来临之前
必须结出丰硕的果！

2016 年 5 月 16 日

神奇的果子

大海欢呼
树枝上挂着一抓一抓金黄
芭蕉制作的叶片
呵护着这些“怪物”亮相
披着阳光的外衣
闪闪金波

高山飞泉
剪不断人流虔诚的仰望
芒果、椰子、菠萝……
高高吊起游人的眼睛
欢腾的热情一浪追逐一浪
唯有黑色的大山石一言不发
稳稳当当，数不清的脚从背上走过

遥望天涯海角
那是九百六十万平方公里
最南端的地方

狂风不敢走进热带雨林
怕迷失方向
寒流不敢走进热带雨林
怕溶为岩浆
金子不换的泥土哟
风靡了一个时代
黄皮肤、蓝眼睛，点赞辉煌

从前的故事早已陈旧
黄澄澄的贵妃果闪烁着青葱本色
黎族阿婆的线梭子
把村村寨寨编织成锦绣市场
嫁不出去的姑娘啊
还在漫山遍野流浪

果子哟，此时
是否感受到寂寞？
灵秀的身姿生来就站在树上眺望
我看出你的梦想
借一朵蔚蓝就是第二故乡

2018 年 4 月 10 日于海南三亚

五星级之外

入住酒店不等于休息
细细的旅程每天在继续
脚下安了滑轮，刹车十分困难
走进原始森林，不敢慢脚
在椰子丛林品尝蜜蜂的甜
在银色海滩与浪花挑战

走进原始森林
偶然有一缕金光迎接
拍照留影吧，不敢慢脚
否则三天也走不出一片叶子的纹理
很难辨认东南西北

走进浪花触痛脚踝的海边
与海浪坐在饮品店交谈
和陌生人喋喋不休游走东南西北
海浪打开尘封的胸怀

星星随我返回五星酒店
楼房的阴影像小偷一样躲在暗处
凭栏眺望，蓝色大海被黑幕包裹
寥落的游船闪烁着残光
最鲜活的是大海有节奏的呼吸
涌起高过游人的巨浪

在北方的星光下
总是有黑暗而清冷的旅程
清凉的风掠过冒热气的脸颊
破译汗珠的密码，大口呼吸吧
连同海浪的摆动，月光的清辉
自身的味道令人心旷神怡

应该把五星的品牌挂在海滩上
我不愿像猫一样独守空房
寂寞重复着寂寞
看看天上的一颗星星滑落之后
窗外又浮出一条银色的河

2019 年 8 月 22 日于海南

骑海浪的人

我不敢身临其境
只站在沙滩上远远地看
古老的大海皱纹满面
久远的忧愤，随时发出雷鸣
那些骑在海浪上休闲的人
把大海的怒火随时拉平

她的微笑，掠过大海
洁白的花朵，一茬接一茬绽开
像一条小鱼，随时进入花丛
钻入芦苇，随时摘一朵鲜花
流星落地挥动双臂
拉开一道白色伤口潜入海底
与珊瑚相会

夜深了，拼着月光寻觅一根神经
辗转反侧很想与她缩短距离

抬头看看那光屁股的女郎
贪婪的目光被大海驱离

借着月光
效仿水鸟的姿势酣睡
借用鱼儿的两腮呼吸
偶尔浪尖一跃，居然诞生了
惊人的力量，把朝阳的
万丈金光糅入海底

2016 年 2 月 22 日于海南

春天

一

春天发出一道命令

能使姑娘实现母亲的梦

二

春风以温和的话语与大地商谈

愿租下全部湖水与草坪

三

春雨最爱梳妆打扮自己的身段

一望无际穿起鲜活的长裙

四

春姑娘一改过去的暴戾

把飞沙走石酿成轻柔的空气

五

春阳拉出数不清的金丝

投向追求生活者心灵的四壁

六

春天的力量实在不可思议

同时渲染红黄紫绿的美丽

2016年5月28日

走进夏天

始终在走
走慢了怕错过黎明
早已忽略了黑夜
炽热是最温暖的期盼
即使在流水的低徊之处
也要高举炽热的火焰

野马狂奔，一意孤行
一盏灯高站在树头，瞭望
一团燃烧的火在花蕾里沉睡
蓝天下的一场芬芳
奔涌在远去的路上，疾行肯定
是一场忧伤

夏天，大自然的一次思想解放
衣料之多，有各种颜色
身材胖瘦高低，不需与任何人度量

自己选好了，就可以登场唱花腔
各种曼妙的姿势
记录一篇美的华章

可我害怕这带火的夏天
因为它高深莫测，蓬勃的眼睛
和冥想的翅膀同时在萌芽
我不能只顾期盼，还是调整步伐
让夏的灿烂和我的笑容
同时抵达

2016 年 6 月 28 日

六月的情怀

六月的草发疯地葱茏
刚阳的季节凝固了风
我不断回头，以往的日子
已藏在绿草丛中

小河，总是可以看清未来
欢笑不语，一路奔跑
把草原风情带向大海怀抱
正像来路不明的雨
暗藏着信仰与万物

圣洁的草原百花肆意
流淌着心醉的暗香
所有的美一丝一丝地生长
那沙柳的绿荫
漫过一位诗人的灵魂

马头琴收藏了风雨的抒情
千万匹骏马飞驰而过
音符在一根长鬃上跃动
那辽阔的诗意
照亮千万个灵魂

蒙古包与九色旗
是这里的永恒，灵气唤醒
千万张和谐无瑕的面孔
心无比辽阔，更拉近
蓝格盈盈的天空

2016 年 7 月 1 日

夏天的热情

淡蓝的纱，薄薄的
包着揭开盖的大蒸笼
所有的草木静立
光明正大地向白云泼墨

蚂蚁驮着火焰
四处奔跑，忙忙碌碌
是它最大的乐趣
走出尘封的地狱
为生计奔走

沙丘间海海漫漫的明镜
储存着天空所有的蓝
柔软，把自己柔成一团清气
潮润干渴的沙粒，扬起
一片白花，为扭动腰肢的鱼儿
降一降血压

带火的风猛烈地刮过原野
波涛不停翻滚
祈求风调雨顺
可头顶的云正在散去
催生，从来是火的热情

一只白鹭赶来，双翅划破风
沿着寂静的弧线
正在追赶一个时令
为寒霜交一地黄金

此时，一群麻雀正在杂草丛中
享受幸福、琐碎与平庸

2016 年 7 月 3 日

第四辑

我只要一屋子光明

月亮抽出细微的丝线
点亮山川、马路、小村
我只能轻轻地感受，不敢抚摸
生怕轻弹一指
会把这个夜晚弹破

夜宿烂尾楼的人

铺一卷凉快的草席
他们尽量把身子蜷曲
像地瓜大叶下的一只绦虫
蜷曲自己的一生

这座烂尾楼从不寂寞
每天汇聚很多人
从不同乡野带来不同的口音
不约而同地在这里避雨遮风

这是一座快速兴起的城市
烂尾楼可以收容许多没去处的人
可烂尾楼必定容量狭小
过夜人必须蜷曲自己的灵魂

他们的视线穿过漏风口，叩问星星
明天去哪里干活？

今年父母的农田有多少收成?
孩子的学费有没有新规定?……
哦，还是选一个主题吧，今夜
蜷曲到什么程度，才能在
这座城市安身?

2018 年 8 月 14 日

修补轮胎的人

锤子、剪刀
万能胶、破轮胎……
十字路口的一角摆开工作台
手指像绣花针左转右拐
紧攥扳手把清晨拧成黄昏
方圆了冷补胶片，像魔术师的手帕
倏忽间黏合了一张漏气的嘴

有多少破烂轮胎
就有多少破烂的生活
大手、大脚以重复固定的动作
半蹲半跪，365 天跟着破轮胎旋转
手臂上青筋暴成压不弯的直线
以速度和力量追赶生活的信念

昨夜一场暴风雨
清晨弓腰曲背收拾残枝败叶

手头的工具不离不弃
心一半迎接新一天的生活
另一半品味妻子走街串巷
叫卖的滋味，突然传来
女儿急匆匆追赶上课的时辰
心尖上还站着老母亲颤巍巍的声音……

哦，修补轮胎的人
你就是一颗需要修补的破轮胎
请不要用你那锈迹斑斑的手
再为我的内心打补丁了
我担心您转动扳手的那一刻
把自己转向了天空

2019 年 7 月 28 日

飞渡黄河的人

纵然已经数次检验过胆识
你还是又一次选择了飞渡的危险
惊呼感叹的一瞬
眼睛越多你的特技越出众

是啊，任何表演都需要观众
倘若无人喝彩，你的翅膀
怎能迎风抖开？
倘若无人感叹，你的特技
怎能变成千古记忆？
我亲眼看到：你穿着蔚蓝的睡衣
一跃身子，撞碎了无数的白云

2017 年 3 月 14 日夜

点燃黎明的一盏灯

比启明星早
红黄色的马夹为道路竖起一盏灯
冷风吹着他单薄的身体
额头上的沟壑只有风雨能填平
扫帚划下长长的弧形，街道上的尘埃
扫走了一部分，吞咽了一部分

他是一位没有贪欲的老人
唯一的财产就是扫帚、铁锹、垃圾车
此时他十分富有，一条街的主人
当朝晖跃出山头
额头的汗珠是最亮的白炽灯
整洁的马路交给了别人
不留一寸

2018 年 7 月 6 日

晨练

早晨。五点钟
漱口、洗脸，打磨第二张面孔
出门，左拐右拐
快步进入公园大道

青松直立如训练有素的军人
长长的臂膀举着枝叶
向人们挥手致意
偶尔与树干相撞
一片晶亮的星星开花落地
牵牛、丁香举着紫色或粉色花朵
借着朝霞每天一次微笑
笑得热情、谦和

曲径上流动着
不同色彩的话语
时事、新闻、政论、评书

地方二人台引来捧腹大笑
密密匝匝的声音打破了寂静
仿佛一串串槐花，挂在生活枝头
成为人心生仰望的理由

有人快步如飞，超越我
有人与我并肩同行
感谢这些陌生的同路人
让我在人流中开成一朵浪花
成为大海荡漾的一部分

2016 年 8 月 18 日

他和孩子们欢度周末

周末节假
他始终站在街的十字路口
选择一个最抢眼的地方
三根木杆支起一座游乐场
天上的飞鸟在货架上栖落
森林深处的狮子、老虎、小白兔
在货架上纷纷亮相
潜伏大海的鱼儿，借着木杆晒太阳
飞机、大炮、坦克、装甲车
在阵地上奔跑飞翔……

这是一位永不放弃童心的老人
银白的胡须飞着暖暖的笑意
慈祥的眼神呼吸着孩子们的气息
一辈子从不忧伤
他的年龄就是孩子的欢乐

朝阳下，晚霞中

耐心等待兑换微薄的收入

哦！可爱的老人

在这利来利往的人群中

你容纳了一颗天真活泼的童心

2017 年 8 月 27 日

静听你豪放的声音

蘸着窗前的月光
把乡愁写满天地人间
徒步蜀道之难
把人生旅途写得很遥远
唱一首《将进酒》之歌
你是千古难得的酒仙

悲壮的人生前程，路漫漫
不是明月失辉而是心在凄寒
空前绝后的切肤之痛
神笔把无望写成贯通历史的呐喊
壮志未酬，把失落装进酒杯
豪情点燃酒的沸点

望着西斜的明月
我举着酒杯欲陪你对饮
看不到影子，只能静听你豪放的声音

“黄河之水天上来，奔流到海不复回”
这一声，惊天地泣鬼神
李白，千古一诗仙

2017 年 3 月 4 日

大娘终于走出医院大门

姑娘迈着碎步
双手操作两轮车徐徐滚动
穿过拥挤的人群，左转右拐
走出医院大门
大娘耷拉着脑袋，紧攥着病历袋
像是攥住自己的生命

太阳斜坐在西山头
心事重重，大娘不看天色
不愿过问相遇的生熟面孔
猪鸡狗猫的叫声，归来的羊群
才是大娘一生最大的牵挂

找一个简便的旅店投宿
走啊走啊，两个车轮那么沉重
大娘用手轻轻抚摸着腹腔

麻醉剂只是一时屏蔽了那场
血肉之战的经过

登记、付钱、领房卡……
大娘的身子弯成一张弓
战场上的硝烟仍在弥漫，欲哭无泪
差点交出七十岁的光阴
管他呢，暂且把今夜的光阴
好好安顿

2018 年 8 月 6 日

睡在高楼墙角的人

他被驱赶到这里
一个多余的人。父亲把心拉到最长度
母亲的白发任由风摔打，零零乱乱
飘起一道一道浑浊的瞭望

群楼直接跟月亮握手
可从不与墙角的他说话
风很势利，卷着枯草残叶
围堵他的出路

他蜷缩身子，试图变成一只蚂蚁
使劲与水泥钢筋抗衡，力求
打开一道缝隙

高楼一脸寒凉，没有让步的意思
巨大的力与他同在，他数着

一排一排闪烁的光，最后那一盏
把他的眼睛变成最亮的射灯

朦胧中，他觉得自己
又回到忙碌的施工现场
拉钢筋、拌砂石、扛大梁……
突然一渠冰冷的水钻进被窝
哦，正好为楼顶上那条漏风口
灌浆……

2017 年 10 月 8 日

归途遐想

——写给追赶新年的异乡农民工

借着星星的光
从工地上拾起雪白的扎捆带
一节一节地续起来
把堆积已久的乡恋
还有一年的汗水
装进贴身的行李袋
带着异乡的记忆，原汁原味

车站大厅的时钟嘀嘀嗒嗒
没有心率快，穿过人流的小缝
快步登上列车，透过车窗
把这座城市的热爱
留给身后的铁轨……

列车不需要箭一样飞
请给点时间，缓一缓

加速的心跳，慌张的眼神
缓一缓舒展的眉头，抿不住的
嘴唇，绘一幅城市的全景图
挂在心尖上，带回乡村

列车还是多点摇摆
这摇摇晃晃的节奏便于回忆
想一想多少次跌倒与爬起
想一想潮湿工棚温润的鼾声
想一想委屈的苦力
想一想工头的眼睛
工友的粗鲁
相互拥抱领薪的欢喜……
此时已化成抽丝的蜜

想一想父母皱纹里深藏的惦念
丝丝白发对儿子的牵系
泪水别再外流，一滴一滴
填充内心的缺口，小心翼翼

慢慢地靠近山村
抚摸方言的温暖月亮的柔光
慢慢地靠近
推开家门……
父亲用颤抖的手接过大包小包
母亲用泪花接过寒冷与心疼……

2017 年 1 月 24 日夜

火车站剪影

弯弯曲曲
曲曲弯弯
仿佛长长的期盼
乡愁，被一枚大头针
钉在心的顶端

肩撞着肩，蛇皮包拖在脚底
不同口音相互取暖
小兄弟刚从工地赶来
裤腿上的泥巴还未清洗
小姑娘刚离开流水生产线
发梢上缠绕的棉纱还未梳理
他们起点一致，终点各异
都从工棚、出租房赶来
不时摸摸微薄的工钱
是否还在腰间

家在铁轨伸展的远方
今夜，一张薄薄的通行证
凝聚着三百六十五天厚重的愿望

2019 年 2 月 6 日

夜幕下的广场花园

原本就与广场花园无关
今天却成了主人。激情沸腾
转身、扭胯，紧跟癫狂的锣鼓声

广场对面一隅
横七竖八躺着一群讨薪的农民工
长吁短叹，抽着焦糊的劣质卷烟
思考着明天的结果

竣工一个多月了
他们带着行囊包裹，日夜变成
广场的义务警卫兵。夜幕下
那些高楼只会眨眼，不会说话

楼盘是开发商的金矿
掘矿人天天听到远方孩子的呻吟

哦，远离亲人的农民工

手指天天弯曲钢筋

肩膀是横跨大梁的桥墩

汗水凝固沙石、水泥……

为城市竖起一帧风景

开发商的舞姿是广场的一部分

可否少走几圈花步

掏出一颗良心？

2017 年 9 月 29 日

追赶黄昏

转动方向盘飞速西进
一束很强的光透过前挡风
我全身立刻变得通红

120 迈的速度在仪表上驰骋
追赶远去的黄昏，喇叭呼叫
道路两旁的野兔，可免费
馈赠一束光明

小鸟与车轮一同飞翔
很难平衡翅膀
他们不情愿隐身于黑暗之外
只图一路相伴登上山岗

一片彩云从山的顶部跌落下来
轻轻干涩的声音猛烈地震动神经

再踩一脚油门，反光镜里
甩下一片跳跃的彩虹

山峰收走了全部光环
即刻黄铜散尽漆黑变厚
群山被打包，沟壑被填堵
车轮飞转快速打开一条光明隧道

2018 年 5 月 22 日

端餐盘的小姑娘

脚踏五彩地毯
走出一道风景线
捧着龙腾鱼跃的热餐盘
寒冷立刻化作温暖
双手献上一碗开花的汤
餐桌就是一朵绚丽的牡丹
酒店是千万人温馨的家园
酒店是我们的千里江山

小岗位就是一个大世界
随时聚焦数不清的千里眼
看你的衣冠，听你的语言
更要欣赏你的笑脸
南来北往的人记录你每一天

小姑娘啊，你可记得：
前十年你蹦蹦跳跳

花鸡毛毽子踢烂了鞋

妈妈在灯下为你一针一线

十年后教室里的灯光凝聚成梦幻

老师的教导掀起波澜

今天，青春年华丰满灿烂

工作累一些，你从餐桌上开阔视野

要求严一些，你积累更多的经验

再过三五年，你可能围着锅碗瓢盆转

隔三差五给孩子和他

一次浅浅的埋怨

2018 年 8 月 4 日

点亮一盏灯

夜幕拉了锁链
眼睛抽去了灯芯
突然，一束光打开通道
哦，那是思慕者之心，点亮
你的梦，我的梦

星星注视着你的表情
每当月圆的时候，欣赏花容
每当瘦成镰刀，寒星落在雾霭之中
我注视你的眼睛
离开你的神韵，犹如一棵
孤独的树，只显露阴影

今夜，我把未讲完的话
都编成短信，乘着月光的亮度
请你及时聆听
因为只有回到你的怀抱

远游大海的水鸟才能找到
故乡的芦苇林

月亮抽出细微的丝线
点亮山川、马路、小村
我只能轻轻地感受，不敢抚摸
生怕轻弹一指
会把这个夜晚弹破

2016 年 2 月 14 日

警钟

别抱怨我走得太快，时钟
以固定的频率告诉你
它以公平的脚步
让婴儿的啼哭声迎接太阳
让青丝华发搬回月亮

一片绿叶剪断寒冷
和煦的风柔软了柳枝，催促艳丽
同时也做好枯萎的准备
每天走近一步，果子会悄然转红
结局慢慢打开

风雨清洗容颜，成熟秀美
火焰煅烧身体，硬朗清白
中年之后寂静下来，夜晚
不再有噩梦，回忆往事不再颤抖

步子快一点，只会更加小心
脚下的蚂蚁

脚上要多带些泥土味
落叶敲打额头，头发也一同飘飞落地
也不要再去多想太阳偏东偏西
自己别首先亮起红牌

我常询问自己，生命可否像
不能按时偿还的贷款再展期？
康熙字典没有回答，瞬间
一片树叶砸下来，没有厘清的问题
深深埋进尘埃里

啊，亲爱的，提醒不如自省
请允许我口袋里常装艳丽的口红
和刮胡须的利器
看着沿路竖起的警示牌，随时保持
狼的警觉，豹子的迅疾

2018 年 3 月 30 日

我只要一屋子光明

从不敢奢望
愿把天地空间留给绿色
允许世界暗下去，只喜欢
这盏小小的灯

风有点刻意
随时都要弄出点小动静
催促黑夜别偷懒，睡得过沉
即使不睁眼睛，也要清醒
陪一陪那盏微弱的灯

桌子稳稳当当，椅子也不晃动
一杯茶放在右边，随手端起来
和夜晚的黑更近。茶热淡，茶凉浓
唯有这盏灯更精神

扑面迎来古风古韵
很多生涩的字，都很热情
那磨破边角的老字典
像一口密闭的锅，文字在沸腾
品尝味道，能看清一个人的
面目，甚至跌宕的一生

火苗缩小了
让我皱紧双眉解开文字结构
火苗伸长了
让我探秘浩瀚的空间
品着茶香，咀嚼文字的美味
有另一个我作陪，收获
全部装在屋子里

2017 年 11 月 20 日夜

煤海隧道

不是翻不过大山
是为了深入煤海探宝
手提电风钻
身背炸药包
头戴乌龟帽
全副武装钻入虎口
与顽固的岩石搏斗

大山下储存着最原始的太阳
忽明忽暗在矿工头上闪亮
因为大山的强权压迫
多年缺氧，灯光虽然微弱
但灵魂永远不会死亡

岩石与电钻
在大山里摆开战场
火星飞溅，炮声轰响

硝烟弥漫冲破洪流阻挡
打开一条缝隙，突破黑暗围剿
钢钎蘸着矿工的顽强

黑金石
铸成阻挡刀枪的体魄
亿万年前的温度
还在滚烫发热
炽热的白气流
从揭开蒸笼的锅里升空
远古的沧海桑田
正在激情沸腾

沿着狭窄的黑洞
开炮！挺进！
直取东海龙王宫
一根百折不屈的神针
延伸！再延伸！
解放远古的地球村

像一条蛇
蜿蜒爬行
像长龙摆尾
掀翻煤海里耸立的山峰
压在大山下的阳光
经历了多年的修炼
终于听到子孙的声音

隧道并不暗
掘进者并不黑
脚下踩着煤
两肩扛着煤
额头顶着煤
这是煤矿工人的战场
每天扛起一轮火红的太阳！

2016 年 6 月 5 日

学海追梦

——向远在兴安盟的艾厚国老师致敬

黑土地
油浸油浸的黑土地
心脏剧烈地跳动
每一粒泥土都是生命的水乡
一株青衣嫩穗的红高粱
深深扎根泥土，感恩母亲
一往深情地拔节，向上
遥望蓝天的辽阔
静听锣鼓涌动大地的激浪
青春的活力蹦跳癫狂
比母亲的炉火炽热
比沸腾的湖水滚烫

那是公元一九五六年收获的季节
一双矫健的翅膀衔着金秋硕果
从乌兰浩特的红色跑道起航

穿越大草原，飞向内蒙古师范大学——
深深潜入知识的海洋
灯光数着星星承载夜的重量
若明若暗刻画出一张青春的脸庞

你不观赏潮涨潮落的风景
紧锁双眉捕捉稍纵即逝的星光
你不惧怕拍岸而起的惊涛骇浪
刚毅的目光与雷电一同闪亮
即使浑浊的雾霾封锁了喉咙
沙哑的歌声也要响彻四方
解剖文字的灵魂，垒叠一座高山
甘甜的清泉从心底喷薄而过
无须度量你的志向，飞得再低
腹部也要紧贴陡峭的山岗

2016 年 4 月 29 日

第五辑

祖国在血液里沸腾

孩子，边疆并不孤独
星星与你的眼睛同一方向
一杆威武的钢枪
准心里闪耀着一团青春的烈火

伫立在中朝友谊塔前

——朝鲜游记

鲜花含着悲伤
紧抓我的胸口
在剧烈跳动的心尖绽放
目光定格雄壮的碑文
庄严的名字记录着志愿军
长眠在这里的每一位官兵

我必须写下：
1950 年 6 月 27 日
美国大兵开进朝鲜
1950 年 11 月 4 日
中国人民志愿军跨过鸭绿江
一场悲壮激昂的抗美援朝保卫战
向美帝打响

敌机紧压战士的头顶俯冲
大炮扬起长颈飞向平壤
单衣破鞋的官兵承载着天寒地冻
胸中只装着一腔熊熊的怒火
即使子弹打翻了军帽，用胸膛
也要挡住敌人的机枪
鸭绿江水泛起鲜红的波浪
友谊塔挂满比炮火勇猛的青春肖像

回望悲壮惨烈的战场——
野草化成灰烬，枯焦的树木上
挂着残喘的星火
为守住一座山头，一个村庄
不怕子弹编织的火力网
即使冻僵了身躯，也要把
阵地上的泥土紧紧握在手中

我写不出鸭绿江水的狂涛怒放
只看见，官兵们在飞扬的尘土里
身穿火光；迎着枪口纵身越过铁丝网
一声怒吼与敌人刀刀见红拼肉搏

拉响炸药包，奏响气壮山河的歌
撕碎天地的呐喊在异国长空回荡……

我必须写下这万剑穿心的友谊塔
钢筋水泥绽放永垂不朽的花朵
我必须写下这血肉灌注的友谊塔
将军和战士名字编织的彩虹
永远在塔顶上高高飘扬

啊！英勇无畏的中国人民志愿军
1953 年 7 月 27 日，美帝的星条旗
在你威严的枪口前徐徐滑落
今天我的这束鲜花，也是祖国人民
对英雄儿女最好的慰藉！
最大的牵挂！最深的敬仰！

2019 年 6 月 9 日

边防哨兵

——朝鲜游记

昨夜星辰
从肩头滑落
军帽上凝聚着结痂的寒霜
目光钉在远方，横扫阴暗角落里
每一粒石子的异样
一棵呼风唤雨的青松
岁月燃烧着绿意芬芳

身子比最小的山头矮很多
灵魂拔节，信念托起一轮朝阳
顺着时间缓慢的海拔徐徐上升
心中始终是一盆炽热的烈火
风雨寒流无法扑灭

年香飘来母亲的味道
踮起脚尖遥望远方

熟悉的烟花划破夜幕，从头顶
掠过，花的世界，火的海洋
一束银花在村口小路上飘荡

是啊，生命有了钢铁的硬度
灵魂才能在高山生长。此时
多少群山望着你啊——哨兵！
默默祈祷，平安吉祥
多少小草望着你啊——哨兵！
为你呼唤，再度芬芳

风雪打包了脸颊
耳膜日夜闪烁着不熄的灯光
探寻千里烽烟包裹的阴谋
捕捉豺狼鬼魅的踪行
目光照亮边关荒山野岭
寂寞才是最神圣的快乐

腰带里从没有钞票金币
只有子弹、止血钳、纱布和绷带
怀抱一支冲锋枪

随时准备在夜幕里开花
随时准备打包鲜红的热泪
晨曦的岗哨打出一个震颤大山的喷嚏

雄姿比大山威严
目光，正视前方
这是军人最直率的姿态
沉默的山峰悄悄找到意志的脊梁
或许明天这里只留下一双脚印
小草会蘸着濛濛细雨
写下悲壮的祭文

2019年6月20日

战火压不垮钢盔的绿色

——朝鲜游记

乌云飞离了天平
压得群山烽烟四起
分量远不及战士头上的钢盔
这是侵略者强加给你们的桂冠
祖国重托，山河残喘
希望，发出悲壮的呼唤

群山忽高忽低，想法很多
星移斗转、阴晴圆缺
弹片呼啸旋转
硝烟在头顶上腾飞弥漫
鲜红是迷彩服的底色
惊雷滚滚，始终压不垮
嫩绿的光泽

子弹从远山呼啸而来
与钢盔擦肩而过
动摇不了切肤的压力
伟大的志愿军战士啊——
反复接受或拒绝火电与气流的威震
面对生命的杀伐，宁愿化成灰烬
决不做钢盔下蜷曲身子的甲壳虫

啊，伟大的赴朝志愿兵
你的头顶火花飞溅
焦黑的眼睛飞出带血的炸弹
身子向前移动一寸
阵地就会推进一丈
鲜血映红一片壮丽的山河

2019 年 6 月 23 日

匍匐前进

——朝鲜游记

仇恨在草丛中迂回
左手抓地，右手提枪
周身的热血在眉宇间结合
充血的眼睛喷射着最强的火
紧紧盯住远方

已爬过敌人的雷区
呼吸不惊动小草站立
轻轻蜷缩，轻轻伸直
蛰虫一样的身子像一把
不断合上不断打开的折尺
那么缓慢，那么轻盈……
一寸一寸丈量生命的长度
心脏离引爆如此之近又如此遥远

起点是呛人的硝烟
空气消化一部分，战士吞咽一部分
头顶燃烧着一片烈火低旋的云朵
终点是洞穿时空的弹痕
血肉模糊的泥浆在焦土上缓缓流动
攻下一座山头，跃身飞出阵地
刺刀见红，生与死的拼搏
一段血染山河的路程

军号沙哑了喉咙
山谷震颤，乱云逃逸
战士以百米的速度冲破火力网
任由冒烟的衣服为身子加热
热气涌着鲜血从刺刀上滑落
志愿军的真爱，在异国的泥土里
生根、开花、结果！

2019 年 7 月 1 日

前线指挥所

——朝鲜游记

战火在这里安营扎寨
子弹压膛，整装待发
哨所内外空气窒息，离弦之箭
只等首长愤怒的拳头
砸向地图的刹那
飞出阵地

敌机盘旋
打捞一个红色的据点
破土房低至没有高大的门窗
只看见，首长们身体很瘦弱
月光高悬，低低流淌
借一缕清亮，濯洗干涩的眼睛
反复审视黑红箭头的方向
智慧在小屋里翻滚波浪

哨兵距离很远，也很孤独
怀抱枪支与一棵枯树完全一样
如果没有月亮的眼睛
黑暗中不会发现自己
如果没有月光的发条
就会停止转动时间的指针
神圣的岗位，说不定哪一刻
这里会发出滚滚雷霆

屋子里炊烟孤绝
空气是一杯凝固的水银
首长眼睛充血，表情狰狞
圈、点、线勾勒的眉宇比大山沉重
突然翻身上马，那开花的黄大衣
抖起一阵狂风
扬起手臂，一声号令
血与火的画面模糊了天空

现在人去物空
只有那些陈旧的挂图固守阵地
记录着血雨腥风

它不属于任何行政村落

独立存在于人们心中

一门大炮，一辆战车，一条战壕

班、排、连被红线连接的仍旧精准

今天人来人往，这里并不寂寞

你可知道，那些用血肉开辟道路的人？

军用地图上标定着永垂不朽的灵魂

2019 年 7 月 3 日

燃烧在血界上的青春

——朝鲜游记

朝鲜的开城
丘岭起伏着稠密的墓碑
柳圈干枯，花还在深深地呼吸
大口吮吸泥土味
精魂在草丛中徘徊
风雨撕碎浓烈的血腥味

北纬 38 度
每一寸土地都充满大爱
每一次冲锋都会拉响巨大的雷霆
战火挡不住中国人民志愿军
立体射击，敌机拖着翅膀
翻身落地；拉响导火线
狂暴的坦克与大兵同时起飞
阵地上天空倾斜，大地窒息

一条血肉横飞的分界线啊
历史铭记！

可爱的志愿军指战员啊
我虽然没看见你们的身影
是战火遮挡了我的眼睛
我知道你们的脸庞
已是一片焦土的模样
眼睛则是最亮的探照灯
怀抱炸药包冲过血界
青春血肉与敌人一同化为灰烬

可爱的志愿军指战员啊
我虽然没看见你们负伤的情景
是因过度悲愤麻木了神经
干涸的枯骨上残留着累累弹痕
沙粒的内核保存着鲜红的血影
仇恨在骨髓里沸腾

可爱的志愿军指战员啊
我虽然没听见你们悲愤的呐喊

不是离你们太远
而是距离炮火太近
一颗罪恶的子弹，眨眼之间
湮灭了一颗鲜活跳动的心脏，你们的
身体成为战争屏幕上最模糊的部分
只听见山川草木呜咽低吟

昨天的战火
是否收集了军人内心的所有寂静？
半岛上空，是否再一次
爆炸惊雷，掀开安逸的云层？
岁月淹没不了历史的真相
更改变不了豺狼的本性
啊！平壤—北京
那些英烈的名字为我们编织成一道
跨越时空的彩虹

2019 年 6 月 18 日

祖国在血液里沸腾

——朝鲜游记

走进朝鲜
遍地牡丹绽放鲜红
志愿军的热血在芳草上沸腾

走进山峁丛林
军号悲壮声声，官兵在冲锋
放眼三千里江山
看到当年志愿军奔赴战场的骁勇
啊！这里每一粒泥沙
都含着中国军人的体温

即使到了严冬
寒流把河水烙成一块大饼
肯定地说：我不会冷
这里有志愿军的黄大衣

即使开出生锈的花
英雄的光环五彩缤纷

牡丹红光闪闪
翻阅志愿军战士的灵魂
长眠在异国大地上的枯骨
仍然是中国黄土的颜色
白天遥望五星红旗
夜晚远眺故乡的明灯

2019年6月21日

去边疆
——致年轻的战士

去边疆，去边疆
别留恋安宁的山村静静的小河
大门外隐藏着诡秘阴谋
用你的肩膀扛起一座长城
再用双手浇灌钢筋桥梁

这不是你偶然的决策
这是一颗忠于祖国红心的选择
那双有力的军鞋，走到哪里
都是一枚鲜红的印章

边疆向你招手致意
毕业的时候，老师向你讲过：
你们是天地间的脊梁
泱泱大国需要你去站岗

孩子，边疆就是你的家乡
雪帐就是你新婚的洞房
手中的钢枪，要你写出
气壮山河的华章

孩子，边疆并不孤独
星星与你的眼睛同一方向
一杆威武的钢枪
准心里闪耀着一团青春的烈火

2016 年 9 月 9 日

延安的灯火

一半在窑洞里码放
一半在心灵上闪烁
借着夏天的热度
在暖暖的清风里开放
心比电诚厚，比太阳鲜亮
一团永不熄灭的灯火

历史的天空
在宝塔山留下一个豁口
彻夜不眠的灯火，洪流滚滚怒放
流过凤凰山，流过杨家岭
流过南泥湾，流进西柏坡
驻留北京城

灯火，曾经点亮百花山
绽放出万顷红艳艳
点亮了瓦窑堡的铁匠炉

铸成抗日民族统一战线
点亮了王家坪的黄土窑
马列主义再谱新篇
全民皆兵，奔赴前线

地道里飞出天神
村村寨寨布下迷魂阵
每一个智慧都是敌人的陷阱
远远传来安塞腰鼓队的秧歌声

今天，延安的灯火
滋润着人民的心田
英雄的炎黄子孙啊
高举火炬，迈向辽远的世界

2016 年 4 月 26 日

梦想在阳光里飞翔

我是开放在
喜马拉雅山的一朵格桑花
冰雪峭岩是我的母亲
根茎枝叶纯洁无瑕
随时伸出清凉的手指
抓一把阳光，披在身上
装饰枝枝杈杈
火一样的叶子敲碎冰雪寒冷
一滴花瓣溅起洁白的浪花

我是飞翔在
港珠澳跨海大桥上的一只海燕
背负蓝天，舞蹈白沙
不论低旋高飞，把祖国的绚丽
播撒在白云缭绕的天涯
神州大地与我一路同行

梦想没有终点，随着铁轨
飞向遥远

我是奔跑在
鄂尔多斯草原深处的一匹骏马
清风是草原的呼吸
草叶是腾飞的蹄花
套马杆提起一轮燃烧的火球
露珠里飞翔五彩朝霞
马背上驰骋的蒙古包飞落在草原
炊烟缭绕的地方都是温馨的家

我是跳跃在
南天柱石旁的一朵浪花
时刻跃起身子与祖国对话
珊瑚玛瑙刻印着郑和船队的记忆
海水发酵，浪涛与航母一同起飞
来犯之敌，交给鱼虾处理

2018 年 6 月 17 日

当一回南海巡航队员

惊涛骇浪，呼之欲出
一浪高过一浪
狂涛扬起高昂的头颅
猝不及防的瞬间冲向沙滩
舒缓一口气，再安然返回原地
它们有屡战劲敌的武功
因为肩负着御敌千里的使命

我穿上橙黄色的救生衣
结好套扣，漂带，跳上舰艇
月光铺到深呼吸的海水上
天水相依，波诡云涌
这是胆识和毅力的搏斗
该出手时就出手

此刻，插上翅膀的舰艇
是大海的唯一标识，奔跑的速度

比清风柔软，比一列火车更快
以飓风的速度追赶苍茫
一会儿穿越隧道，一会儿翻越险山
把汹涌的海浪碎成洁白的花瓣
细浪携着大海，紧拽船尾，不离不弃
锋利的牙齿划开一道豁口
为鱼儿欢跳浪花打开门扉

记忆疯长
郑和当年的足迹被海水淹没
还是在暗礁下深藏？
站在长满时间胎记的礁石上
聚睛遥望，遥望海的尽头
寻找疆域的边界线
突然飞起一朵千刃浪花
那就是南海的界桩

舰艇潜入水下
蓝悠悠地通透优雅
鱼虾隐于喧哗的世界之外
坦然地掠夺了海底的光芒

百转千回，自由自在地翱翔
它们抚摸着舰艇，追随伴行
拍拍尾巴，欢迎最亲的人

我看到珊瑚、玛瑙、珍珠……
脊背上刻印着中国人的指纹

海底的生命
在自己家里舒展开心
一一清点大海的库存
收回外贼盗走的欠账
交给龙王惩罚他们的罪行
此时，伴随涛声的节奏
鱼儿快活地舞蹈，似少女的腰姿
柔软、鲜活、圆润
从远古到如今，不倦不老
抗争！只为家的安宁

站在河心的舰板上
卸掉杂念、虚荣和伪饰
目送无垠的海水，想象

每一滴水变咸的过程，就是
一代人慢慢老去的时光
白头的芦花，摇着远古的风
自岸边的椰子树，天边的白云
自正面向我走来的血脉亲人
都在享受着幸福、荣耀和自豪的
时代新风

摒弃水泥钢铁井市的车水马龙
我从魂牵梦绕里走出来
那数不清的涟漪
就是岁月的一道皱纹
记录着历史，记录着
海南同胞的艰辛

峰回路转
舰艇旋转了九千九百九十九道弯
把大海抱在怀里
看一只水鸟跌进落日的深渊
又在黎明叫醒落日跃出群山
翅膀在天边擦下的痕迹

就是南海的边界线
我要把舰艇打起的水柱
栽到边界线上，生根开花
守卫着祖国的南海与蓝天

2018 年 4 月 12 日于海南三亚

放下酒杯奔赴前方

——向奋战在抗疫前线的勇士们致敬

金色的东方，古蓝色的天空
阳光穿了一件宽松的衣衫
以留恋的姿势慢慢滑行
亿万人望着那朵疲惫的云
落日终于遗弃了山岭
正在构思新一天的图景
中华大地数不清的家庭举杯欢庆
烟花迎接新年的钟声

当我们正在欢庆美好的时候
下一站却有不幸守候在路口
当我们就要走进春花烂漫的时刻
大路的入口处却有大雪降临
正如鲜花永远代替不了果实
即使笑脸绽放的红果
幽深之处仍暗藏着毛毛虫

即使盛开的艳艳玫瑰
也会遇到毒刺的蜜蜂

新年的钟声敲响长空
一道黑色的闪电震醒沉睡的李时珍
他未曾想到在故乡的土地上
会有冠状病毒流行
此时正要把神医投入无底的陷阱
互联网第一时间发布警讯
调整年的航向，告示疫情，瞬间
时光下沉，红灯切换成惊悚的面孔
短信布满天空，茫然、纳闷
一切都在朦胧之中

中南海灯火彻夜长明
习总书记静观武汉，心系人民
农历大年初一，亲自部署指挥战“疫”
铿锵的声音如同射向病毒的穿心箭
党政军民齐响应，三山五岳共回音
在九百六十万平方公里的大地上
构建一体化的指挥系统

从空中走向大地，走进家庭每一个人
岁月的转折点就是拯救人民的生命

听从一枚党徽的召唤
共产党员、共青团员表率先锋
白衣战士、党政干部、人民解放军……
就是第一线的保证
放下手中的酒杯，服从命令
背起行装向父母嘱咐叮咛
亲一亲女儿的额头，回馈
“爸爸不能走”的呼喊声
奔赴前线，翻阅资料搜寻疫菌
科学防治、城乡互动
人心齐、泰山移，支持钟南山院士
完成一道非常时期的新命题
啊，战友，我知道每一场战役的胜利
都需有勇士付出高昂的代价与智慧

不再留恋家的温馨、街市的夜景
昼夜陪伴星星，随时倾听
武汉的橙色警戒，封闭道路

关闭大门，消毒、登记、测试体温
辨别病毒的真伪，谆谆教诲每一个人
“从自己做起”、“自我隔离”
就是最大的拒毒抗“疫”
哦，忠诚的勇士
一支不穿军服的人民武装
戴着厚实的口罩以另一种方式呼吸
改变自己的生活，改变他人的心灵状态

有多少个夜晚与月亮一同失眠
有多少个夜晚不能与亲人相见
有多少个夜晚在寒冷中瑟瑟打颤
有多少个早中晚吃不上一顿热饭……
啊，战友，亲爱的战友
青春，因你付出的忠诚更加美丽
事业，因你的执着坚守更加精彩
把自己与人民融为一体
你的信仰高高伫立在彩虹里

然而人们热衷于小道消息
各种不实谣言交错横飞

恐慌上升，不安的城乡又失去了平衡
亲爱的战友你孤独但并不孤立
李克强总理代表习总书记奔赴湖北
视察武汉重灾区，救灾拨款及时到位
各族人民以不同的方式驰援武汉
争分夺秒与病毒抢占制高点
北京、广州、河南、人民军队……
纷纷派出参战的医疗队
党的关怀、人民的温暖
一缕新风吹过雾霾笼罩的大地
这就是我们的政府
有着制止危机又有着防止“危机”
变成“人祸”的回天之力

仿佛时间在武汉停滞了下来
一只巨大的口罩压抑着人们难以喘息
在危机面前，生死只是一线之隔
白衣战士向党请命，向人民报到
前线岗位就是自己的阵地
他们不分昼夜和社会一起律动
手套浸泡双手脱皮，口罩捂出满身汗水

傍着传染源吃饭，长条椅上似睡非睡
为抢救一个生命，顾不得父母的来电
偶尔有一根神经听到孩子在哭泣……

白衣与白衣擦肩而过
只知道是战友，却不知道面容憔悴
双脚丈量时间的长度
双手掂量责任的分量
每看到病床上一具僵硬的生命
钢针穿透了自己的心脏
本想送上一束白花
下一个残喘在剧烈地惆怅
哀悼不能伫立片刻
只能送一束泪水编制的花朵
恨不得把白大衣撕成碎片
任由哀思飘扬

啊！中华儿女多奇志
我们在五星红旗下感动
我们在崇高的英雄面前落泪
我们向党中央感恩

我们向抗疫英雄致敬
“我不知道你是谁，我却知道你为了谁”
没有流血流汗的前线勇士
哪有后方安康自然的酣睡

啊！亲爱的战友
战役还没有画上句号
此时此刻再不能麻木忧伤
我们要的是领悟、自省
我们要的是同仇敌忾、铁壁铜墙
我们要的是智慧、勇气、责任和担当
决不能让英雄们的付出功亏一篑
我们要的是绿水青山的大自然
中华强盛，人民安康!

2020 年 2 月 5 日

望着你的背影

写到抗新冠肺炎战“疫”
手中的笔突然沉重了起来
黑色的墨汁被战士的血改变了颜色
打开窗户默默远眺
枯草默哀、大地肃穆
乌云沉闷、泪滴纷飞

病毒肆无忌惮地发起进攻
疫情以飞毛腿的速度越界入侵
悄无声息潜入无辜者的胸膛，瞬间
数万人被击中，死亡威迫着生命
雪花含泪祈祷，望着远去的背影

这血与泪的惨状万箭穿心
我只能含泪跳过这一幕
另写中国人民解放军
特种部队全副武装奔赴前线

向病毒开战，用自己的生命
拯救万民

啊，人民子弟兵
中国人的热血在你全身奔涌
不论繁华都市，还是偏远山村
歼灭疫菌、快速反应
望着你们的背影，无比振奋
望着你们的背影，热泪模糊了眼睛
当抗疫胜利的那一天
武汉的天会更蓝、祖国的花会更红！

2020 年 2 月 8 日

总攻的军号响彻神州大地

肉眼看不见的颗粒
紧盯人的呼吸
借助柔弱的清风悄悄潜入人体
毒化血液、搅浑天地
宽敞的大马路，谁也不敢迈开双腿
一只大口罩捂住天下人的嘴
恐怖、焦躁、叹息！
小小病毒张开吞没地球的胃

数不清的耳朵，亿万次警惕
时刻捕捉大江南北的讯息
人们喝着大自然的水
吃着大自然的饭，此刻，只能选择
与大自然隔离，亲者痛仇者快！
居民区紧闭大门，告示牌上挂着体温计
谁也不敢触碰那张警示牌
独自守候一张孤独的床位

过去觉得上班很累
现在无聊的休息内心又发霉
中国人集体享受一个漫长的“假期”

哦！这是一个黑色的春天
打破了新春的常规
“平安、快乐”的红对联只是一个口号
报春的树梢被涂上了粉煤
春的绿意死在腹胎里
合抱在一起欢庆节日的人们
已被狂风吹散，不知会落在哪里
遥望湖北漆黑的山野
巨大的坟墓里埋下悲痛的记忆

透过阴霾，遥望中南海
一盏夜幕里的灯火熠熠生辉
双手高举倾国之力，“向武汉进发”！
除夕之夜三支解放军医疗队抢占阵地
火神山、雷神山
千人万马创建世界奇迹
钟南山集八十四载的神气，不分昼夜
在显微里追捕飞毛腿

三山联横，抗“疫”鏖战急！

没有硝烟的战斗异常惨烈
病床上无助的婴儿哇哇大哭
忧伤的老人残喘断线的气
晚上望着液体瓶露出一丝笑意
次日凌晨紧闭双眼离开床位
白衣战士的心尖上插着一把刀
抬出一具，再接收下一位
颤抖的手难以平衡一根针的摇摆
亲人的泪、难友的泪、战士的泪……
苦咸和汗水交织在一起

战“疫”进入胶着状态，来不及喘吸
敌退我追，不让一寸阵地
海陆空、火箭军、抗援、武警部队……
火速驰援湖北，多架新战机展翅升空
歼灭战凝聚于千钧一发之际
让每一粒病菌碎尸万段
军民联手打一场多功能的立体战“疫”
我们必须坚守！起伏是人生的常态
万众一心共创世界传奇！

多少生命在绝望中手抓病床
渴求医生留住自己
多少人在焦虑中细数液体的泪滴
可否直接把它倒入胸膛里?
多少颗心悬挂在一根弦上
呼吸始终不敢左右摇摆
啊，死亡线上挣扎的无辜者
理解你的人很多，大数十四亿!
敌人已被包围，总攻的军号
响彻九百六十万平方公里!
胜利的歌声即将飞向开花的树梢
飞向绿草地，中南海的明灯
将会把生命还给你!

写到这里应该迂回笔尖
深深解剖自己
人也是大自然的孩子
所有的生命都应该被敬畏

2020 年 2 月 16 日

第六辑

西藏游记：安详地坐在一粒雪花之中

走进千佛大殿
肃穆庄严
高僧关闭了神秘的大门
神一面沉思，一面把众生灵魂观澜
一只眼睛留在高堂
另一只眼睛遥望人间

神秘的布达拉宫

九千九百九十九级台阶
驾着白云盘旋而上
直达九层佛阁的圣殿
白云里酥油灯闪烁，若明若暗
偷听神的密言

鎏金的骄阳
低悬于布达拉宫顶
强烈的光照煮沸了雪山
殿外紫气腾飞
殿内圣火飘燃
温暖走入神境的意念

塔尖摩天
活佛、班禅的灵魂高举经幡
远山近水梵唱六字真言
那是人间的声音，母亲的血性

皑皑白雪以虔诚的肉身

呼唤纯洁

走进千佛大殿

肃穆庄严

高僧关闭了神秘的大门

神一面沉思，一面把众生灵魂观澜

一只眼睛留在高堂

另一只眼睛遥望人间

2018 年 11 月 10 日

远眺大昭寺

风，展开凉凉的翅膀
飞落到树梢
残留在树上的鸟巢
像牦牛孤寂的眼睛
反复审视朝拜者的脚印

白云一半悬浮蓝天，另一半
横挂在大昭寺胸前
远眺锯齿状的峰岭
说不清哪头是松赞干布的憧憬
哪头是文成公主的虔诚

跟着香火的长路
就能听见佛的梵语
仰望飘扬的经幡，就能看见
闪烁的神灯
秋阳下的大昭寺

白昼是一卷金黄的经卷
夜晚是神仙游走的行宫

目光随时与千神万佛的视线相遇
郁闷被佛语融化为清泉
烦恼被香火烧成灰烬
一排排酥油灯闪烁着神秘的光
灵魂是灯芯。点亮自己
照亮别人

2018 年 11 月 18 日

安详地坐在一粒雪花之中

距离很近，其实很远
目及之处，雪山站在我面前
脚穿葱郁的青草布鞋
头戴银色白帽支撑蓝天

清风吹过，一片冰雪世界
行人走过，踪行追赶石头的高度
群鸟飞过，山顶跃起数不清的云朵
一滴水在海拔三千米之上沸腾
千年穿不透的故事，引起
数不清的遐想

红彤彤的阳光
撒下一把圣洁的雪花
清洗草木，滋润蓝天
极目远望
视线随时被云山雾海吞没

茫茫的雪山是千神万佛的道场
诵经、祈祷、消灾、超度……
虔诚的梵音在树梢上回荡

佛陀的心在颤动
蓝天把皑皑的群山一一收藏

雪山的性子狂野奔放
驼峰起伏，追赶云海雾浪
拉着我的心一百二十次蹦突
把急促的喘息交给树梢存放
再馈赠岩石一张潮红的脸庞

哦，神圣的高原净土
太阳的火焰，孕育树的绿
雪山的冰。我只愿——
安详地坐在一粒雪花之中
虔诚地瞭望
蚂蚁、牛羊和额头与泥土碰撞的人

2018 年 10 月 11 日

峭岩上的雪莲

走进与蓝天接壤的高原
眼睛回到初出茅屋的童年
举目仰望，峭岩上冰雪燃烧着
数不清的野火
淡紫色的唇，含着娇红的阳光
温暖雪域的灵魂

冰雪之花
收藏了雪的纯情
点燃圣洁的黎明
披一身寒衣，瞭望旷达的世界
风雨雷电从头顶滚过
亭亭站立，玉洁冰心
为高远而孤寂的星辰
奉献痴情

你可知道

它自幼生长在冰雪夹缝之中

身材从不敢臃肿

默默承受寂寞的痛苦

笑声敲响山谷的回音

舒展雪花缝制的广袖

尘封了岁月的脚步

坦然站在世界之巅

千神万佛聆听欢快的笑声

轻盈的身姿摇晃着阳光

枝叶为风雪清热

嫩芽可以破解千里冰封的岩石

绿意闪现着雪山的灵性

哦，佛的大山，圣洁的花朵

在静静地祈祷

2019 年 1 月 20 日

登天山

头顶祥云，自身的水清洗身体
后脚追前脚，喘息粗气
坐在一块粗糙的石头上
古木向我伸出青春长臂
缝隙里钻出一缕阳光，照亮了
山头雄鹰的翅膀

轻风拂面，松涛细碎
石头的灵性为我切中了脉
内热滋生的虚火膨胀
清凉立刻从臀部传遍全身
躁动的灵魂，温顺地蜷缩进肉体

树枝摆动大自然的节拍
挺拔的绿植根于心底
我渺小，低于任何一丛灌木

长成参天大树，首先放下荣耀的欲望
在群山茂林中忘记自己

如果再有一朵花飞到我面前
我会欣赏陶醉
如果再有一声浸润露水的鸟鸣响起
我会与它一同歌唱，一同起飞

2019 年 11 月 6 日

净土举着天路飞翔

前方还有很多
不同服饰的身影在等待
火车承诺的每一句箴言
像一朵盛开在山顶的雪莲
怀抱玛尼堆经年的石籽
金光闪闪

太阳的火
煮沸了雪域的坚冰
高浓度的圣水焊接了大山的骨架
海拔 5231 米的唐古拉山
坐在一朵雪花的怀抱里
扛起天路，收拢满天云彩

车窗伸出不同肤色的手臂
舞动白云，感受冷热交替的气流
飞速的天路一浪高一浪低

旋转无垠的大海，水盈盈的蓝
蓝透每一粒石子的心肺

高悬于神山的列车啊
向世界敞开心扉
心跳的时速提升到亿万次以上
以核动力的功率喘息
为了下一站正点，缺氧的石头
是最大的发动机

唐古拉山的神
站在天空
一条长龙在崇山峻岭蜿蜒
随手拾起驻守在草丛里的虔诚
遥望远方，布达拉宫的钟声
在天路上回荡

2019 年 3 月 22 日

闪电中起飞的一只鹰

伫立山头
遥望远方，说不清想什么
突然，大山掀起凉飕飕的风
闪电划开一道口子
钻出一只鹰，窜向长空

我惊奇也激动
这就是久久思念的梦
童年的梦，诗歌的梦
报效祖国的梦……
我想长出翅膀，和鹰一样飞
和火箭一样飞，和春天一样飞
飞向蓝天，飞过白云

全身的血在沸腾
爱在闪光
古松伸出枝条牵着我的手

脚下就是鹰起飞的那尊石头

借着闪电打开的亮度

鹰看见了我，树看见了我

我的心就是一盏被点亮的灯

2016 年 4 月 7 日

一只鸟飞向另一个世界

蓝天寂静
拴住一朵游走的白云
一只孤零零的鸟儿伸长脖颈
远眺天外的世界
近览群山下的羊群

翅膀颤动起跳的基石
随时迎接惊雷的偷袭
大山选择最佳的位置站稳脚跟
不吝惜偶然的碎石滚落
以几乎等同于本身的巨大冰岩
稳定了一条河流与峡谷的空虚

树头上的鸟巢似乎有恐高症
轻柔的风催促鸟儿展开翅膀
突然腾空而起，蹬翻河水的温和

白云打包了精灵，浪涛滚滚
宣泄孤独与寂寞

越飞越高，越飞越远
在锯齿形的路上随时调整姿势
强劲的翅膀决意飞向另一个世界
那专注的神情，顾不得
说一声再见，顾不得
看一眼翅膀下的故乡

2019 年 8 月 20 日

暴雨之后

黑云砸下数不清的硬币
群山发出纷乱的疼痛之声
一阵强权的疯狂之后
湖水变得愈加宁静

阳光站在最高的峰岭上
仿佛回到内心
蓝天与白云的界线十分清晰
蓝自然镇定，白飘浮游动
以一秒一百米的速度上升
如同从山的肉体里抽出的灵魂
为群山披上纯洁的纱裙

雨后的山峦宁静葱茏
树木与花草织成幽芳的图景
一群藏羚羊射出稠密的箭簇
大山颤动，我头重脚轻

山洪翻卷着火焰
珍珠之光辉映蓝天
青烟钻出山的夹缝逃之夭夭
一如旧时逃婚的少女
与夜色结下不朽缘分

投宿于倒扣在草地的银碗里
紧握一颗掉落的星星
驱赶偷袭的寒风
化解黑色的梦

夜反复拉长
惊雷叩开天河的大门
雨雾膨胀
洪峰与山石展开生死搏斗的时候
天空突然改变了颜色

天神送来了礼物
我在菊蕊中生根待放

双手捧着湿漉漉的夜晚

突然被一束温暖的火焰照亮

2018 年 11 月 26 日

站在高原之上

高原从云雾里升起
深不可测，暗藏迷人的诱惑力
拉直一根筋捆住大山的根
骨头扛起巍峨的崇山峻岭

浅浅地呼吸
长度不超过一厘米
头顶一把巨大的湛蓝雨伞
白云触手可及
太阳与雪山擦肩而过
天地在我的目光里左右摇晃

藏羚羊比小松鼠跑得快
漫山遍野，拖出一片苍凉
格桑花拒绝接受高原反应
微笑的小嘴含着阳光
以淡淡的红点缀无垠空旷

老鹰低旋高飞
眼睛随时警惕与石头碰撞
锋利的喙啄开一条天路
有节奏地煽动黑色翅膀
从不怕单程旅行的孤独与残酷
只相信生命轮回的梦想

经幡迎风舞动
哗啦啦亮出神秘的经文
山风一遍一遍地咏诵箴言
耳膜安装了一条最长的天线
随时听到佛寺里的木鱼声
敲打高僧大德的梵音

高原上的阳光无遮无挡
令人晕炫目胀
这里的氧气轮不上我呼吸
神仙记了一本明细账
从平原到高原，生理的落差
正刺中我生命的弱点
需要用力补偿

我还是要寻找人间最朴实的烟火
在藏民举着转经筒的眼神里调整心态
在牦牛悠闲的步态里寻找安逸
摸一摸最纯净的石子
品一品飞流直下的泉水
那里面，藏着人生的真谛

2019 年 4 月 8 日夜

玉立在雪域高原的和亲树

曲径而下
我被雅鲁藏布江大峡谷包裹
朝天而上
雪山扶我撕碎了滚滚白云巨浪
远远望去
一棵千古苍茫的神树沉浮于大江之岸
向上生长的虬枝宛若闪电
劈开山峦，空旷的大峡谷
喷出葱绿的火焰

徐徐奔跑的青雾紧抱大树的主干
起伏的群山背负着繁枝茂叶
苍茫，把生命推向顶极
你可知道，文成公主的指纹是一把
锁在时间中的缓慢链接

中原与高原
只是一棵树的尺寸
中原的一朵鲜花开在雪域世界
翠绿了苍茫四野。千万人额头
温暖了冻土
公主在树前许下诺言：汉藏一家亲
千古不变

雅鲁藏布江的浪花
变换着语言
雪山听懂了随风漂浮的内涵
僧人双手合十，梵音在草叶上延绵
格桑花笑颜芬芳，绚丽烂漫

啊，和亲树独立于高原，千年的梦
继续着昨天

2018 年 12 月 9 日

前方，唐古拉山等我

理解是崇高的美德
等待是心灵的真谛
遥远的前方，雪山站立在对面
天赐的灵性，知道我最爱开放在
头顶的雪莲

身披绿色长袍
这是上帝为高原定做的衣衫
神的身躯与青松一道生长
撕开花絮的白云追赶蓝天
飘逸的雪花漫天起舞
向地球发出闪耀光泽的箴言
啊，神的宝座，唐古拉山
威严地挺拔在风山道口

火车喘息，浓烟滚过大山
累了吗？不！是激动与感叹

满载援藏物资奔向雪域高原
亲爱的藏族同胞：孤寂吗?
尽管山高路远，都是祖国的家园
九百六十万空间悬挂着各族人民的蓝天
远远望去——
不同姿势的人挥动阳光
在这高过云朵的峰岭上
他们打开心灵，自由呼唤世界
山下，虔诚的人们久远地温暖冻土
额头与岩石触碰，格桑花飘荡着
祈祷的心愿

感动的不仅是我是你，还有
空气在这里停滞
云朵在这里疏散
时代列车穿过乱石丛林
飞鸟的翅膀滑起带火的青烟

踏着云山雾海站立
面对一朵飘飞的雪花

我会把一路许下的诺言

全部兑现

2018 年 10 月 17 日

高原的蓝天

身体那么轻盈
乘着一团轻雾扶摇直上
抬头仰望一座水汪汪的大海
碧蓝的仙气渗入我的身体

血液开始变蓝
细胞蓝得更纯洁
在每一根神经末梢上渲染
阳光下，蓝得热能从里向外流淌
皮肤、毛发全部变成一个颜色
像一位蓝色的仙家走进我的身体

骨头燃烧着蓝色的火焰
温度与蓝色的高原完全融为一体
激情像大海的波涛汹涌澎湃
我无法忍受这过分的蓝
像一个孩子早已泪流满面

泪水也是蓝色的
滴落到蓝色的山岭之上
仍然被苍穹收藏
滴落到一株跟随我的花草之上
自然变成了神圣的蓝色精灵
山下蓝色的歌声打开胸腔
一条蓝色的哈达在群山漂荡

啊！蓝色的高原
可能是我前世栖息的宫殿
我终于找到了自己的来路
站在一块石头上洗刷一生郁结的烦恼
胸襟就变成了这无边的蓝色世界

2019 年 6 月 21 日夜

尼洋河的石头会唱歌

一滴女神的眼泪
清澈、翠绿、洁白
三种视觉效果纷纷攘攘
难舍难分交融流淌
海海漫漫，碎玉飞花
载歌载舞，夺路飞向远方

降生于米拉山的母腹，由西向东
直奔雅鲁藏布江
梵音穿透水幕隔膜，超度过的石头
圆润闪亮，朗朗欢歌
河面盛开出数不清的花朵
与天上的星星争辉
与高山的冰雪比光芒
两岸缤纷，丰收硕果

水中的花朵日夜吟唱

佛的歌谣，漫过荒芜与葱茏的季节

抛弃了喧嚣的红尘，镶嵌在水底的灵气

冷冷燃烧，静静开放

填平了沟沟岔岔的空虚

记录了九曲十八弯所经过的

岁月沧桑

鱼跳跃，虾追浪

两岸水草伸长脖颈在观赏

蔚蓝与白云一起跳入水中

听尼洋河的石头

在清澈的河水里欢唱

2018 年 12 月 12 日夜

屹立在时光深处的风景

二百万年前
你从海底世界隆起
二百万年后
你收藏了雪域所有的神秘
我要探寻你遥远的过去
骑着历史波涛捕捉每一滴
浪花的信息
仰视你辉煌的现在，拜托一朵云
把你从天空搬到大地

一颗虔诚的心向你靠近
脚下的格桑花掩饰不住欢愉
口含温暖的阳光，绽放绚丽
紫红色的袈裟，沿着石径小路
为神仙运送醉人的气息
遥远的阳光漫过银色山峰
我的额头却释放出冰的寒冷

走进幽深的山谷
这里的大世界并不孤寂
三叶虫沉着应战风雨
一寸一寸爬行
小野兔活蹦乱跳
出没在花草丛中
小松鼠是一支离弦的箭
流星似的划碎树影
狐狸狡黠的目光
闪烁着幽蓝的诡秘……
啊，高原的生命在这里诞生

峭崖上，雪山云眸白的惊奇
天工雕刻的寺庙座落于冰山里
每位神仙表情冷漠、凝重
仙女们低头不语，一字排开走向后宫
翻阅万丈冰山的每一页
随时听到大海的召唤
粉身碎骨的雪崩，惊动了神仙
无数小生命驾着波涛
浪花飞溅

高原的精魂在大山的顶端
站得最高却从不居功自傲
望得最远却始终盘坐于大地怀抱
呼风唤雨，洁白的银发一尘不染
任由时间穿行在隆起的眉宇间
用母亲的大爱温暖卑微的苍生
用父亲的尊严挺拔于世界
哦，珠穆朗玛峰
你的名字早已在尘世飞翔
千万人额头碰撞冻土
眼睛里闪烁着神圣的银光

2019 年 1 月 10 日

走进新世界

这里的一切都是崭新的鲜活
我把朵朵白云搂在怀抱里
又把蓝格盈盈的天铺在大地
因为海拔五千三百米的米拉山
是我最好的乘骑

断裂的冰山
刺破天空久远的想象
倾斜的树影上红灯神秘地交映
魔术师隐藏在树椏之间
一口清气，填满沟壑
此时雪在婀娜，雨在欢唱
高山流云瞬间搭起七彩虹门
新人穿着婚纱牵手走过

在天空的高处
大海波动。气体还是液体？

没有一丝褶皱，心铺在天空
身体里白云撞着白云
无意间，一个红色休止符站在西山
飞鸟静止了盘旋
翅膀腾起大海红色波澜
一对一对的火焰鸟，呼唤声
点亮新世界

2018 年 10 月 14 日

纳木措，佛的天堂

不能不相信上帝的慧眼
神光远千年
一株小草点头，仙气缭绕
喜马拉雅山自愿断裂凹陷
捧一只银碗赠送高原
为了中和自然的美味
盛满咸的情感
狂野山风伸出多情的手
翻阅独具魅力的蔚蓝

岗底斯山不再追赶高原的风
唐古拉山舒展广袖为圣水御寒
大佛来了，菩萨来了
护法神亲自设坛
转动湖水，寻找灵魂的超越
耳朵贴近水面，平心静气地倾听
冰山的火焰，泪水的苦咸……

神鸟从远山飞往圣湖
在天空设定了固定的航线
翅膀划开云层，拽着浪花跳伞
白花花的芦苇在震颤
一阵剧烈的风扫地而过
优雅的姿势嵌进湛蓝的水面

扎根于湖心的水草
仿佛是隐秘的温度计
绽放在湖面的红黄紫绿白
随时报到蓝天、大地的水墨显意
宁静的活力，把自然界的表情
展现在明镜上，细微的眼神寻找
久藏在水宫中的秘密

哦，纳木措
沉默了多少年才打开向善的容颜
那湖面上缤纷烂漫的彩虹
一定是呈现给蓝天的祥云
那一波一波走进蓝天的鱼群
一定是菩萨收养的生灵

那湖岸的柔软、细腻、舒展
一定是天山遗落的佛尘

走进纳木措
青春与年龄无关
风、花、雪、雨就是大脑的调色板
穿过天水相接的水平线
你可知道又是怎样的奇妙景观?
大脑不再留一丝空间
一页一页翻阅蓝天白云和雪山
让湖水再一次洗濯生命
不再回眸遗落的红尘云烟
不再留恋那过去的时光
无论美好，还是悲伤

2018 年 12 月 26 日

穿越雅鲁藏布江大峡谷

走进藏南，就是为了穿越
雅鲁藏布江大峡谷
雄伟的山峰修道成仙，头戴雪帽
银光闪闪；身披绿衫，紫气迷漫
昏昏欲醉走进神秘的宫殿

站立山峰，放眼远望，满目绿色
雪线上，高山杜鹃独领风骚
阳光下，固态的万年冰雪
融化为沸腾的温泉
帘帘飞瀑汇成滔滔江水
茫茫林海耸入云端
格桑花把九月涂抹成和煦的春天
抚摸她的发丝，她的脸庞，她的腰身
大峡谷流动着醉人的灵动与花鲜

走在弯弯的山路上
会有一丝恐惧悄悄从心里升起
这是一条弦的边缘，走快走慢
都有坠落深渊的危险
于是，在一根弦上行走
会有许多惊喜呼唤你的激情
也会有不堪的疲惫缠住筋骨
脚踏风景的光环
每一步都会牵动双膝疼痛
石头好像是铅的心肠
快步如飞只是一种幻想

耸立的山峰
它的孤独谁也无法想象
更没有人抚摸它的寂寞
像一位修炼成仙的道人
皓首白头，钢筋铁骨
悬崖上的花朵爱莫能及，仰天欣赏
峡谷云飞雾浪，清流像一条腾飞的巨龙
蜿蜒曲折，跳跃欢歌，一路前行

唯独小鸟因为有指尖大的翅膀
可以自由飞翔

石头陷于花草丛中，隐藏了翅膀
放弃飞翔。但四壁突出的山石
随时会做出惊天的动作
效仿雅鲁藏布江涌起波浪
放射出令人眼黑的苍茫
你会感受到：阴森森、冰凉凉
冷若冰霜

雅鲁藏布江大峡谷
504 公里雪浪，比一条街还长
6000 米深度，千年的竹竿探不到底
遍布奇石怪状，五彩斑斓
枯木的根与大青石结缘，枝叶被白云收藏
绝壁上悬挂着哈达，飞若悬河
细小的涓涓清流，缠绵悱恻
洗涤污垢的心房

从峰岭步入低谷

也许一时有些无言的失落

然而能让人欣赏不轻易看到的风景

如释重负，更加痴迷

此时，你会有一种感悟：不能像鹰

总停落在不胜寒的高处傲视一切

穿行风雨，才能产生仰天长啸的浩气

我已长出鹰一样的雄健翅膀

在这大峡谷里自由飞翔

飞进飞出，飞上飞下，轻松自如

饱览涂满颜色的——

深，润，幽，险，奇，秀，长

2018 年 11 月 25 日

回望拉萨

控制不了一杯情怀的外溢
一不小心就回望海拔 3650 米——
布达拉宫、大昭寺、小昭寺
八角街、藏王陵……
至高无上的净土圣地

日照提着洁白的灯盏
把雪域高原装订成史册
喜玛拉雅山止不住的心跳
将高原与雪花的爱情连在一起
多少代人紧握一支传世的笔
把虔诚写在泥土的骨髓里

清晨，赤日炎炎的火球
从遥远的时光深处走来
睿智的光温暖了雪山的阴冷

一粒一粒剔除世界屋脊的埃尘
柔润的手指一路抚摸转经筒

月亮牵着一弯明灯如清澈的泉水
柔情尽可能地软化庄重的内心
在寂静的一方亮出——
王朝的背影；大佛独占的酥油灯
刚烈的青稞酒和终年不朽的
诵经声……
烦恼在月光中消隐

一条繁华的大街
从远山缓缓延伸，霓虹灯
广告牌，闪烁着高原红
追赶远去的涛声
商店敞开大门
货架上悬浮着数不清的眼睛
与商品同时释放热恋的爱情
饭店里挤满南来北往的声音
举杯换盏，餐桌一片潮红

铜火锅热血沸腾，缕缕青烟
升起虚浮的人情

哦，总有告别的时候
一颗心始终悬挂着天的蓝
阳光的鲜嫩在血液里沸腾
那悠长的钟声敲响夜半的梦
拉萨城稳坐在群山的怀抱之中
即使额头再高，也高不过
布达拉宫

2019 年 3 月 29 日

风吹不散太阳

刘海涛[①]

任何一本书，浅翻几页就能预感到读毕的意犹未尽时，那必定是爱上它了。

我有幸编过王万里先生的两本书，之前一本《灵魂，始终在寻找一块安静的地方》，让人灵魂可栖，勾起了我儿时的情愫，戚戚于胸，这一本《嫩绿的阳光》给我力量。

这本诗集里的每一首诗，都是一幅生活的图画，虽画风粗粝，间或有小小的冗余，但这不影响我们进入其中，欣赏美景，感受温暖，思考世事，汲取力量。这力量，有时如瀑布飞流直下，激荡心灵，但更多的时候如河流弯曲，滋养万物。这力量，使我们的生命扎根泥土，面向阳光。

他说：

哦，山、树、花
沐浴着春风，胜过了

① 刘海涛，博士，民族出版社编辑，对中西文化比较与交流兴趣浓厚。

唐诗宋词的婉约与浪漫
手提阳光，散发出闪亮的
安然与自信
穿越苦难与幸福的山里人
是花园里的神

他致敬飞鸟：

剪刀似的翅膀悬挂于高空大海
随着急流险浪上下翻动
剪碎云，剪碎风，剪碎冷热的泥泞
……
驻足枯叶飘落的树枝
深沉地遥望远方的吉凶
选择一条迂回的路径

浩瀚的宇宙，飘洒着漫天的星河光尘，我们是比这一切还要渺小的存在。你并不知道，生活什么时候突然改变方向，陷入墨水一般浓稠的黑暗里去。或许，你会被失望拖进深渊，会被疾病拉进坟墓，会被挫折践踏得体无完肤。但是，我们需要在内心里保留着希望，保留着不甘被放弃的跳动的心，像山药蛋，“在暗无天日的泥土里／睁大眼睛寻找出路”，像一条大河，“即使粉身碎骨／也要向前”，像奶奶的剪刀：

剪碎了岁月的风雨
……
把酸甜苦辣剪成
高高挂起的生活
最精彩的部分

或许，有人会说，万里先生的诗显得“混沌未凿”。我也常常幻想，如果他生在城市，长在书堆，如果他游学欧美……但我很快自惭于自己的愚蠢之至。诚如叔本华先生所说，思想家、天才以及照亮整个世界并推动人类进步的人所阅读的不是书本，而是世事、人生这一部大书。万里先生的诗浸润着饱经沧桑后的纯净、愉悦，与大自然相融，与社会结合，在这个喧嚣浮华、词藻堆砌的世界，犹若空谷幽兰。读先生的诗，常常让我想起丰子恺先生的画。他用朴实的生活之笔描摹炽烈的温情，用寥寥数语引人深思。

他想念父亲、母亲：

红红的火焰
闪现在黄昏的西山
树木肃穆升高
双膝跪地，额头与泥土碰撞
香烟飘游连绵的哀思
泪珠洗净无言的沙粒
两重世界，近在咫尺
被一束火焰
静静地照亮

再深一步想，或许，他诗歌力量的强大，更源于他把自己活成了一首诗的模样。

童年的万里先生，“双手摸着漏风的墙／跟着油灯追逐未来的梦”。

后来，他用青春，把一件件商品，捧到远道而来的牧民手上。

再后来，万人瞩目中，他放下权力的印章，在商场的血雨腥风中，披荆斩棘。

他，“举着镐头，蘸着汗水”，开辟自己的世界。

他，“诗意地栖居”。

他生在草原，长在草原：

半夜醒来
可以打开窗户瞭望
羊儿安详，树木婆娑
露珠滚动着时钟的清香

在一座土屋前，他说：

一条小路，静静地牵着一座土房
等待着一个人

路过小河，他：

要带一瓶泉水的清凉
洒向干旱的地方
滋润一粒沙子的心脏

来到拉萨，他：

只愿——
安详地坐在一粒雪花之中
虔诚地瞭望
蚂蚁、牛羊和额头与泥土碰撞的人

万里先生

生于泥，长于土

他是大地的儿子

他的每一个细胞里，都藏着一首诗

他的诗，根深叶茂，向着太阳

他善待每一株小草，他关爱每一个灵魂

看到坐在轮椅上的老人

望着睡在高楼角落的人

面对广场上的农民工

他祈祷：

我只要一屋子光明

万里先生从政，经商，写诗……我不知道他有几片天空，因为他的世界是自己的，与别人毫无关系。但我知道，在他诗歌的天空之下，阳光嫩绿，万物安然。

世界会变好吗？会。纵然风吹叶落，杂草满坡，但风吹不散太阳。

2020 年 7 月 20 日于北京

图书在版编目（CIP）数据

嫩绿的阳光 / 王万里著．-- 北京：民族出版社，2020.11
ISBN 978-7-105-16211-6

Ⅰ．①嫩… Ⅱ．①王… Ⅲ．①诗集－中国－当代 Ⅳ．①I227

中国版本图书馆 CIP 数据核字 (2020) 第 220943 号

嫩绿的阳光

策划编辑：宝贵敏
责任编辑：马少楠
封面设计：北京东方乾坤文化传媒有限公司
出版发行：民族出版社
地　　址：北京市和平里北街 14 号
邮　　编：100013
电　　话：010—64228001（编辑室）
　　　　　010—64224782（发行部）
网　　址：http://www.mzpub.com
印　　刷：河北鑫兆源印刷有限公司
经　　销：各地新华书店
版　　次：2020 年 11 月第 1 版　2020 年 11 月北京第 1 次印刷
开　　本：787×1092 毫米　1/16
字　　数：190 千字
印　　张：20.25
定　　价：108.00 元
书　　号：ISBN 978-7-105-16211-6/I · 3085（汉 2884）